마리

n.°
04

문학에서 발견하는
무한한 좌표들,
은행나무 시리즈 n.°

마리

최민경 소설

은행나무

차례

1

홀가분하다.

아빠가 이렇게 빨리 돌아가실 줄은 몰랐다. 오래 끌지 않아서 퍽 다행이라고 엄마와 나는 생각했다. 췌장암은 고통이 만만치 않아서, 옆에서 지켜보는 사람들 입장에 선 어서 빨리 죽기라도 했으면, 하고 바라게 된다. 토하 거나 몸을 비틀며 신음하는 아빠를 보며 그렇게 생각했 다. 물이 가득 찬 것처럼 마음이 무거웠다. 그러나 역시 백 번을 생각해도 차라리 그게 나을 것 같았다.

충남에 있는 한 추모공원에 아빠를 모시고 난 뒤, 할머니와 고모는 우리 집에 들르지 않고 곧장 시골집으로 가겠다고 했다.

"이제 언제 보겠니……."

할머니가 쭈글쭈글한 손으로 내 얼굴을 쓰다듬었다. 어릴 때 내 기저귀를 갈아주고 내 볼기짝을 쓰다듬던 바로 그 손이었다.

"가끔 들를게요. 명절이나 휴가 때."

마음에도 없는 소리를 하며 내 얼굴에서 할머니의 손을 슬그머니 잡아떼어냈다. 이제 아빠도 없으니 할머니를 뵐 날은 정말 없을지도 모른다. 이상한 기분이 들었다. 우린 분명 가족인데, 한 사람이 빠져나갔다고 해서 갑자기 할머니와 고모가 남처럼 느껴진다니.

"상복 반납하라고 하네요."

고모가 재촉해서 우리는 화장실로 갔다. 검은 옷을 벗고 각자 가지고 온 옷으로 갈아입었다. 밖에서 기다리던 장례도우미에게 상복을 반납하러 간 엄마가 내친김에 우리를 집까지 데려다줄 수 있는지도 물었다.

"원래는 여기까지만이에요. 저희는 여기서 곧바로 회

사로 돌아가야 하거든요."

검은 정장을 차려입은 장례도우미가 말했다. 내가 그
냥 택시를 부르자고 했더니 엄마는 택시비가 얼만데,
하며 눈치를 줬다.

"어차피 가는 길이잖아요. 이런 꼴로 택시 타는 게 싫
어서 그래요. 짐도 있고."

도우미는 운전기사와 상의해보겠다며 장례 버스 밖
에서 잠깐 기다리라고 했다. 그동안 우리는 할머니와
고모를 배웅했다. 두 사람은 할머니 여동생의 아들이
타고 온 모닝 뒷좌석에 몸을 구기듯 집어넣고 힘없이
손을 흔들었다.

"그러니까 너하고 쟤는 오촌이네. 아빠와 사촌이니
까."

천천히 멀어져가는 자동차 꽁무니를 멍하니 바라보
던 엄마가 이제야 생각이 났다는 듯이 말했다. 그때까
지도 나는 할머니 여동생의 아들을 뭐라고 불러야 하는
지 몰라 장례 기간 내내 저기요 혹은 오빠,라는 호칭을
번갈아가며 사용했다. 다행히 그도 호칭 따위 상관없다
고 여기는 것 같았다.

"아재라고 부르는 게 맞을까. 에라, 모르겠다. 어차피 이제 볼 일도 없을 텐데, 뭐."

엄마는 다 끝났다는 듯, 한 팔을 펴서 허공에 대고 휘저었다. 나는 아무 말도 하지 않았다. 그저 잠을 좀 자고 싶을 뿐이었다.

"서울까지는 타고 갈 수 있답니다. 남부 터미널 앞에서 내려 드릴게요."

아무래도 택시가 더 낫지 않을까, 생각하면서 버스에 올라탔다. 도우미는 맨 앞좌석에 앉아 있었다. 그들과 가까이 앉는 것이 어쩐지 어색해서 우리는 한참이나 뒤로 갔다. 엄마가 창가에 자리를 잡고 앉자 조금 망설이다 그 옆에 앉았다. 아빠의 영정사진은 건너편 좌석에 따로 놓아두었다. 룸미러로 우리가 자리에 앉는 것을 확인한 운전기사가 시동을 걸었다. 버스는 곧 출발했다.

출발한 지 십 분도 채 되지 않아 엄마는 코를 골기 시작했다. 나는 화장하지 않은 엄마의 얼굴을 가만히 들여다봤다. 기미가 짙고 모공이 넓다. 그래도 아직 주름 같은 건 없다. 나이 오십이 되기 전 과부가 된다는 게

어떤 것인지 감도 오지 않았다. 과부라니. 어쩐지 측은
해서 나는 엄마의 얼굴을 내 왼쪽 어깨에 살며시 기대
어놓았다. 그리고 눈을 감았다. 잠을 좀, 자고 싶었다.
엄마처럼.

"날씨가 참 좋네……."

남부 터미널에서 집으로 돌아오는 택시 안에서 엄마
가 혼잣말처럼 중얼거렸다. 나는 내 무릎 위에 올려둔
영정사진을 들여다보았다. 이미 암이 전이된 후에 찍은
사진 속의 아빠는 해골처럼 두 뺨이 움푹 들어가 있었
다. 아빠라기보다는 낯선 아저씨 같았다.

"현자 이모는 다음 주에 필리핀 간다더라. 부부 동반
으로."

그제야 고개를 옆으로 돌려 엄마를 바라보았다. 얼굴
이 누렇게 뜬 엄마가 흘러내린 머리카락을 핀으로 고정
시키고 있었다.

"부러워?"

내가 물었다.

"별로."

엄마가 대답하느라 입에 물고 있던 핀을 떨어뜨렸다.

"부러우면 지는 거야."

떨어진 핀을 주워 건네며 내가 말했다.

"너는 참……."

핀을 건네받은 엄마가 헝클어진 머리를 고정시키며 말했다. 나는 엄마의 머리핀에 박힌 유리알이 더럽게 크다고 생각했다. 창을 통해 들어온 빛이 엄마의 머리통에서 반사되어 내 눈을 찔렀다.

"그나저나 되게 초라하더라."

"뭐가."

"네 아빠 말이야. 다 태우고 나니까 뼛가루가 한 줌도 안 됐잖아. 겨우 그 정도밖에 남길 수 없다니."

"그러게. 화장장에 들어갈 때도 보니까 무슨 나무토막 같더라."

정말 그랬다. 죽기 전의 아빠 몸은 빼빼 말랐었다. 고통이 몸을 비틀어 물기를 꽉 짜낸 것 같았다. 피가 다 빠져나간 것처럼 갈색의 얇은 막 같은 피부가 간신히 뾰족한 뼈를 뒤덮고 있을 뿐이었다.

"그래도 이만하면 평화적으로 잘 해결된 거야."

엄마가 나를 보며 말했다. '평화'라는 단어가 이 상황에 맞는 건가 싶었지만 생각해보면 완전히 틀린 말도 아니었다. 나는 순순히 고개를 끄덕였다. 어쩌면 엄마와 내가 원한 결말은 이런 것이었는지도 몰랐다. 우리 인생에서 아빠가 완전히 사라져버리는 것. 세상 어디에도 아빠의 흔적이 없다는 것. 이런 안도감을 은밀히 바라고 있었는지도.

우리는 집 앞 버스 정류장 근처에서 내렸다. 그리고 이심전심으로 대로변에 있는 빵집으로 곧장 걸어들어갔다. 앞치마를 두른 경수 아저씨가 오븐에 넣을 빵 위에 설탕 가루를 뿌리고 있다가 우리를 보고 알은체했다.

"아이고, 귀한 분들이 오셨네. 그렇잖아도 요 며칠 안 보이시길래 어디 여행이라도 가셨나 했습니다!"

그러고는 뭐가 우스운지 등을 뒤로 젖히며 으허허, 웃었다. 그 웃음소리가 또 마음에 들지 않는지 엄마의 입술 한쪽 끝이 미세하게 올라갔다. 엄마는 경수 아저씨의 작은 친절과 다정한 인삿말을 이상하리만치 못마땅하게 여겼는데 그건 아마도 사는 동안 그런 조건 없는 친절을 별로 받아본 적이 없었기 때문일 것이라고 나는 생각했다. 그렇더라도 엄마는 아저씨 손으로 직접 구운 빵과 케이크를 포기하진 못했다. 생긴 건 두꺼비 같은데 솜씨는 나쁘지 않아. 그게 엄마의 평가였다.

우리는 케이크 진열대 앞에 오래 서 있었다. 뭔가 색다른 걸 먹어보고 싶었지만 모험은 하고 싶지 않아서 가장 무난해 보이는 것으로 골랐다.

"이걸로 주세요."

경수 아저씨가 진열대의 문을 열고 조심스레 케이크를 꺼냈다. 그러고는 작은 상자에 케이크를 넣으려다 말고 잠시 망설였다. 아마도 평상시처럼 초가 필요하냐고 물어보려는 듯했다. 그러면 엄마는 칼같이 대답하겠지. 초는 무슨. 됐어요.

다행히 이번만큼은 경수 아저씨도 무슨 눈치를 챈 모양인지 별 말 없이 상자를 닫았다. 대신 아저씨는 무슨 일급 비밀이라도 말하는 사람처럼 "아주 탁월한 선택이십니다." 하고 속삭였다.

첫 발걸음을 떼기만 해도 칭찬 받던 어린아이처럼 나는 뿌듯했다. 그 순간에는 뭔가 대단한 일이 아니어도 누군가의 인정을 받을 수 있다는 사실에 마음이 놓였다. 엄마가 뭐라든, 그 무렵의 내겐 그런 작은 친절이 필요했다.

밖으로 나오자 포장도로의 뜨거운 열기로 숨이 막혀 왔다. 엄마와 나는 서로 질세라 빨리 걷기 시작했다. 좁고 구부러진 골목길을 힘든 줄도 모르고 걸었다. 집 앞에 다 와서야 몸이 땀으로 흠뻑 젖었다는 걸 알 수 있었다. 일 층 주인집 현관문 앞을 지날 때는 습관처럼 발소리를 죽였다. 내가 먼저 좁고 가파른 철제 계단을 올라가서 문손잡이에 열쇠를 꽂았다. 엄마가 숨을 헐떡거리며 내 등 뒤에 바투 섰다. 그 숨소리를 들으며 천천히 문을 열었다. 그러자 거기, 있어야 할 모든 것이 정확히 제자리에 놓여 있는 그곳, 벽 중앙에 셋이서 찍은 가족사진이 걸려 있었다. 나는 얼른 시선을 돌리고 말았다. 고작 사흘 동안 집을 비웠던 것뿐인데 마치 어디 먼 여행에서 돌아온 사람처럼 나는 허둥대고 있었다. 그런 나와 달리 엄마는 쏜살같이 신발을 벗고 집 안으로 들어갔다. 그러곤 곧장 식탁으로 쓰는 테이블로 가서 케이크 상자를 내려놓았다. 나는 거실 한복판에 멍하니 선 채로, 엄마가 안방의 선풍기를 끌고 나와 코드를 꽂고 미풍과 회전 버튼을 차례로 누른 다음 식탁 의자에 가서 앉는 것을 가만히 바라보았다. 그걸 보자 이상하게 안심이 되었다. 마치 어제도 그랬고 어제의 어제도 그랬던 것처럼 별다를 게 없는 우리의 평범한 일상이 다시 시작된 것이다. 그제야 닫혀 있던 거실의 창문을 활짝 열어젖히고 선풍기 바람을 쐬러 엄마 앞에 가서 앉았다. 일주일 전 거실 창가에 널어둔 빨래에서 나는 섬유 유연제 냄새가 익숙하게 코를 자극했다.

"얼른 먹고 치워버리자."

엄마가 조심스럽게 케이크 상자의 뚜껑을 열었다. 갑자기 식욕이 당겼다. 엄마가 흰 플라스틱 칼로 케이크를 반으로 자르는 동안 재빨리 주방으로 가서 접시 두 개와 포크를 내왔다. 우리는 각자의 접시 위에 놓인 케이크를 감격스럽게 바라보았다. 그 순간만큼은 말이 필요 없었다. 엄마와 나는 천천히 시간을 두고 가끔 서로의 먹는 모습을 지켜보면서 포크로 조금씩 케이크를 먹어치웠다.

부드러운 것이 눈처럼 수북하게 몸 안에 쌓이면서 마

음의 허기가 채워지는 듯했다. 그러자 감정이 북받쳐올랐다. 정확히 어떤 감정인지는 몰랐다. 슬픔인지 기쁨인지, 서러움인지 반가움인지. 어쩌면 그 모든 것이 뒤섞인 감정일 수도 있고 어쩌면 아무것도 아닌, 그냥 단순히 집에 돌아왔다는 안도감 같은 것인지도 몰랐다. 식구라고 생각했던 사람이 우리 곁을 떠나버리고 이제는 정말로 엄마와 나 달랑 둘뿐이라고 생각하니, 세상이 너무 크게만 느껴졌다. 이렇게 큰 세상에서는 우리를 알았거나 우리가 알았던 사람이 사라지는 일쯤이야 아무것도 아닐 것이다. 그 생각에 절로 어깨가 움츠러들었다.

접시에 놓인 케이크를 다 먹고 나서, 엄마와 나는 씻지도 않고 안방에 가서 나란히 누웠다. 몸이 나른했다. 뭔가 무사히 마쳤다는 느낌이었고, 인생이 몇 개의 순간들로만 회상될 수 있다면 오늘이 그중 하나일 것이라고 생각했다.

내 각막에 깊이 새겨진 몇 개의 장면들 ― 부서진 뼈의 조각들. 각자의 생몰(生沒)이 적혀 있는 수없이 많은 납골함. 추모공원에서 기르던 눈이 빨간 토끼 두 마리.

덩치 큰 내 오촌 아저씨와 그에 비해 너무 작았던 모닝 자동차. 자꾸만 우시는 할머니 손을 잡고 괜찮다고 다독이던 고모의 허전한 눈빛.

그런데 고모는, 대체 뭐가 괜찮다는 거였을까……?

2

　나는 아무리 바빠도 오직 하나뿐인 가족을 잊지 않았다. 술에 취했을 때나, 스탭들과 맛있는 점심을 먹을 때, 고객들의 수다에 응할 때도 그랬다. 아무리 기진맥진 지쳐 있을 때도 썰렁한 빈집에서 온종일 혼자 있을 엄마를 생각했다. 엄마는 처음 며칠간은 갑자기 채무라도 탕감받은 사람처럼 의욕적인 모습을 보였다. 손목터널증후군 수술을 한 지 얼마 되지 않았는데도, 이런저런 정보지들을 들고 들어와서는 하루에 열 군데도 넘는 식당에 전화를 걸었다. 마침내 명동의 어느 한식당에서 나오라는 연락이 왔다. 엄마는 깜짝 놀라며 다시 생각해보겠다고 말하곤 전화를 끊었다. 그러고는 내내, 멍하게 앉아 있었다. 갑자기 누군가가 엄마 등 뒤에 달려 있던 스위치를 꺼버린 것 같았다.

그럭저럭 며칠이 지나고, 또 며칠이 지났다. 엄마는 게을러졌고 살이 쪘다. 숨 쉬는 것 말고는 할 일이 없는 것처럼 시간을 그냥 흘려보내고 있었다. 그럴수록 나는 쉴 새 없이 떠들어댔고 경수 아저씨네 가게에 들러 빵과 케이크를 사다가 엄마와 나누어 먹었다. 하지만 내가 아무리 명랑하게 떠들어대도 슬그머니 밀려오는 소름 끼치는 고요함을 모를 리가 없었다. 내 활기찬 기운으로는 도저히 메울 수 없는 빈 공간이, 집 안 어딘가에 살아 숨 쉬고 있었다. 정말로 이상하다는 생각이 들었다. 아빠가 이 집에 머문 기간은 고작해야 육 개월 남짓이었고 그나마도 거의 대부분의 시간을 병원에 있었다. 그때나 지금이나 달라진 게 별로 없는데도 이상하게 예전에는 없던 어떤 공허가 슬그머니 우리 집 한구석을 차지한 느낌이었다. 게다가 나는 아빠를 좋아한 적도 없었는데. 어쩌면 엄마도 나와 같을까. 어딘지 모르게 열심히 달려왔는데 막상 끝이 보이자 다리에 힘이 풀려 주저앉아버리고는 다시 일어설 엄두를 내지 못하고 있는 건 아닐까.

솔직히 엄마와 내가, 아빠를 극진히 보살폈다고는 말할 수 없다. 우리가 할 수 있는 거라곤 단지 고통에 몸부림치는 아빠를 고스란히 지켜보는 일뿐이었으니까. 그런데도 이제 와 눈을 감으면 우리가 보았던 장면들이 하나하나 펼쳐지며 마음을 헝클어뜨린다.

태풍이 지나간 자리에 반드시 폐허가 남듯이 통증이 휘몰아치고 간 뒤에는 뼈만 남은 아빠의 육체와 기진맥진한 숨이 남아 있었다. 우리는 파도에 떠밀려가는 사람을 멍하니 구경만 하는 해변의 관광객들처럼 속수무책이었다. 어쩌다 그런 역할이 주어져버렸는지 모르겠지만, 우리는 그냥 받아들였다.

가끔은 병실 침대 위에 혼자 웅크리고 누워 있는 아빠를 보면서 어쩐지 그동안의 일들을 다 용서할 수 있을 것 같다는 생각이 들기도 했지만 또 가끔은 무력한 숨을 간신히 내쉬기만 할 뿐인 텅 빈 얼굴을 보면서 그렇게 왜, 그때 왜, 하는 얄궂은 생각을 한 것도 사실이었다.

어쩔 수 없었다고 말했던가.

미안하다고 했던가.

그런 말을 들었는지조차 희미해질 무렵에는 아빠가 깨어 있는 시간보다 약에 취해 잠들어 있는 시간이 더 많았다.

엄마가 십 년 넘게 다니던 학교 급식실을 그만둔 것도 그 무렵이었다. 단순 계산으로도 엄마의 하루 일당보다 간병인의 하루 일당이 훨씬 더 높았기 때문이었다. 그런 식으로 엄마는 내내 선택이라고도 할 수 없는 일들을 마지못해 선택하며 살아왔을 것이다.

후회하기 싫어서 그래.

언젠가 내가 그냥 고모한테 맡기지 뭣하러 아빠를 받아줬느냐고 묻자 엄마는 그렇게 말했다.

그냥 다 내 업보인 것 같고.

그놈의 업보 타령은.

나는 약이 올라 비아냥거렸지만 문득 어떤 예감에 몸을 떨었다. 그때 내가 꿈에서 들었던 말, 어쩌면 그건 꿈이 아니라 현실이었을까? 잠결에도 참 이상한 말이라고 생각했던 그 말. 낮고 다정한 목소리로 누군가를 타이르듯 조용히 속삭이던 말.

당신은 죽고 나는 살아.

그날 밤은 내가 당번이라 엄마는 집에 있었어야 했다. 어쩐지 기이한 꿈을 꾸었다 싶어 딱딱한 간이 침대 위에서 몸을 뒤척이는데 익숙한 뒷모습이 보였다. 곧이어 들려오는 목소리.

당신은…… 죽고.

나는 살아.

그것은 복수였을까 위로였을까.

나는 눈을 질끈 감고 이어지는 두 사람의 말소리를 들으려고 귀를 기울였다. 그러다 갑작스럽게 통증을 호소하는 아빠의 신음소리에 이어 엄마가 비상벨을 누르는 소리가 들려왔다.

그후로 줄곧 우리는 타인의 고통을 목격하는 사람이 되었다. 만일 그때 내가 아빠를 위해 뭔가를 할 수 있다고 생각했다면 엄청난 좌절감을 느꼈을 것이다. 하지만 나는 그러지 않았다. 나는 고통을 존중했고 그것이 나의 영역이 아님을 알았다. 그런 것쯤은 병원에 오래 있다 보면 저절로 알게 된다. 환자와 환자가 아닌 사람들 사이를 가로막고 있는 건 바로 그런 종류의 통증이라는 것을. 사이가 좋았든 나빴든 간에 고통 앞에서는 타인에 불과한 것이다.

그 모든 일이 다 지나가고 난 뒤엔 빛이 보이는 쪽으로 나아가야 한다고 생각했다. 마음에 조금씩 해가 비치고 바람이 통하도록. 그런 생각으로 용기를 냈다. 화분을 사다가 베란다에 두고 예쁜 식기류도 사다 날랐다. 엄마가 늘 갖고 싶어 하던 포트메리온 찻잔 세트를 정가에 구입해서 들고 온 날도 있었다. 엄마가 집에 혼자 있지 말고 일을 시작해야 한다고 생각했지만, 그런 말은 꺼내지도 않았다. 출근하려고 아침에 집을 나설 때마다 엄마를 그 썰렁한 집 안에 홀로 남겨두고 나 혼자서만 도망치는 것 같아서 마음이 편치 않았다.

그런 생활이 한동안 지속되었으나, 엄마를 기분 좋게 하려던 노력은 어느 순간부터 흐지부지해져버렸다. 나는 늘 바빴고, 하루 종일 서 있느라 지친 다리를 간신히 끌고 집으로 돌아오곤 했다. 집에 돌아오면 엄마가 끓여놓은 순두부찌개에 밥을 먹고 둘이 나란히 앉아 밤늦게까지 텔레비전을 보는 게 다였다. 가끔 내 삶이 무의미하게 낭비되고 있다는 생각이 들었지만 그렇다 해도 달리 무슨 방도가 있는 것도 아니었다. 나는 돈을 벌어야 했다. 우리가 가진 돈이라고는 지금 살고 있는 집의 보증금이 전부였고 갚아야 할 빚은 그보다 훨씬 더 많았다. 게다가 내게는 일할 의욕을 상실해버린 엄마가 있었다. 그러니 어떻게든 내 삶을 꾸려나가야 한다는 강박 같은 것이 내겐 있었다. 누군가를 곁에 두는 일 따위, 생각만 해도 귀찮게 느껴졌다. 내 삶에 마리가 끼어들기 전까지는, 정말이지 그게 다였다.

마리

3

　마리는 말희였다. 말희가 어쩌다 마리가 되어버렸는지 모르겠지만 지금의 이름을 갖게 된 데에는 나름 피나는 노력이 있었다고 한다. 내가 마리를 몰라본 건 그러니까 내 기억에 문제가 있어서가 아니라, 그 피나는 노력의 결과였던 것이다.

　마리는 간밤에 불쑥, 나타났다. 정말이지 다른 어떤 말로 대신할 수가 없다.

　대문 앞을 서성거리는 마리를 발견한 건 엄마였다. 엄마는 마치 기다렸다는 듯 마리를 집 안으로 들였고 나는 당연히 마리를 알아보지 못했다. 그저 엄마가 정말로 교회에 다니려나 보다 생각했을 뿐이었다. 한데 모아 뒤로 질끈 묶은 머리며 누렇게 뜬 듯 창백한 얼굴이 며칠 전 길거리에서 엄마와 얘기를 나눴던 그 젊은 선교사와 꼭 닮아 보였기 때문이었다.

사실 나도 엄마가 교회에 나갔으면 싶었다. 하루 종일 집에 혼자 있는 것만 아니라면 교회가 아니라 절간에 간다 해도 상관이 없었다. 때마침 그 무렵엔 근처에 새로 생긴 교회 사람들이 평일이고 주말이고 할 것 없이 길거리에서 전단지를 돌리며 전도를 해대는 통에 엄마와 나는 멀리 길을 돌아갈 때가 많았다.

그러던 어느 금요일 저녁, 사람들에게 전단지를 나눠 주는 선교사들을 보고 내가 멈칫거리자 엄마가 내 팔을 잡아 끌었다.

피곤하게 뭣하러 돌아가. 그냥 가자.

그날 우리는 모처럼 함께 동네 목욕탕에 다녀오는 길이었다. 내 손에는 목욕 바구니가 들려 있었고 나 역시 그걸 들고 먼 길을 돌아가고 싶은 생각이 없었기에 모르는 척 가던 방향으로 내처 걸었다. 나보다 한두 걸음

앞서 걷던 엄마가 정장을 입은 젊은 선교사 앞에 다가
선 것은 그때였다. 많아봐야 삼십대 초반으로 보이던
선교사의 얼굴에 반가운 기색이 역력했다.

그거 나도 한 장 줘봐요.

뜨악해진 나는 멍하니 엄마 등을 쳐다보며 서 있었다.

혹시 아니? 진짜로 천국이 있을지.

엄마는 건네받은 전단지를 펼쳐들고 선 채로 거기 쓰
인 문구들을 읽기 시작했다.

하나님은, 당신을, 사랑하십니다…….

그러나 엄마의 목소리는 큰 소리를 내며 지나가는 트
럭 소리에 힘없이 묻혀버렸다.

가자, 가. 나 피곤하다고.

사실은 피곤한 게 아니라 속상했던 건지도 모른다.
사우나실의 열기로 두 뺨이 아직 발그스름한 엄마가 너
무 젊어 보여서 슬펐는지도.

하나님 믿으세요. 하나님을 만나면 그곳이 어디든 천
국입니다.

아, 가자고.

그제야 엄마는 정신을 차린 듯 내 얼굴을 쳐다봤다.

내가 엄마 팔을 끌다시피 해서 그 자리를 빠져나오자 여자가 우리 등 뒤에 대고 소리쳤다.

자매님, 오는 일요일에 교회에 나오세요. 거기 전단지에 오시는 길도 있어요! 우리 함께 천국 갑시다!

기쁨이 넘쳐 흐르는 목소리로 여자는 그렇게 외쳐대고 있었다. 그러나 나는 그 말을 믿지 않았다.

천국이라니. 사랑이라니.

얼마나 달콤한 말인가.

어떤 말들은 너무 달콤해서 오히려 진짜 같지가 않다고 나는 생각했다.

물론 마리는 그 젊은 선교사가 아니었고 그렇다고 내가 알던 그 말희도 아니었다. 그저 엄마가 충동적으로 초대해버린 뜻밖의 불청객이었다.

어쨌든 마리는 지쳐 보였고 그래서인지 나도 뭐라 말을 잇지 못하고 그저 멍하니 두 사람이 인사를 나누고 안부를 묻는 것을 지켜보기만 했다.

"어떻게, 찾아오는 건 어렵지 않았고?"

"네, 정류장에서부터 핸드폰 내비게이션 보고 찾아왔어요."

"오, 핸드폰으로 내비를……. 그래 어쨌든 잘 찾아왔으니 됐다. 일단 앉자."

주춤거리며 소파에 앉으려던 마리가 뭔가를 찾는 듯 주위를 두리번거렸다.

"어, 화장실은 저기."

눈치 빠른 엄마가 부엌과 작은방 사이를 가리키며 말하자 마리가 빠른 걸음으로 그리로 갔다. 화장실 문이 닫히고서야 나는 엄마에게 눈치를 줬다. 엄마 역시 약간 놀랐다는 듯 소리는 내지 않고 입모양만으로 말했다. 진짜로 올 줄은 몰랐지, 나도.

잠시 후 화장실 물 내리는 소리가 들려서 우리는 서로 눈짓만 주고받았다. 나중에 얘기해. 나 역시 입모양만으로 말했고 엄마는 어깨를 으쓱했다.

마리의 얼굴은 짙은 화장에 가려져 있긴 했지만 자세히 보면 예전 모습이 남아 있는 듯도 했다. 웃을 때 한쪽 눈썹이 지나치게 휘는 것이나 살짝 튀어나온 광대뼈 같은 것을 보고 있으니 맞아, 쟤가 저렇게 생겼었지, 하는 생각이 들었던 것이다.

"그래, 여행을 많이 다녔다면서?"

엄마는 마치 누군가 와서 자신의 이야기를 해주기를 기다렸다는 듯이 마리가 바닥에 앉기도 전에 다짜고짜 질문부터 퍼부었다.

"그냥 한두 군데 다녀본 게 다예요. 많이는 아니고……."

마리가 어색한 미소를 지으며 말했다. 엄마는 무릎을 조금 움직여 마리 쪽으로 좀 더 다가갔다. 나는 엄마가 마치 스위치가 다시 켜진 인형처럼 서서히 살아서 움직이는 것을, 얼떨떨하게 바라보고 있었다.

"그래 어디가 좋든? 또 아니? 미리 정보를 알아두면 나중에 우리 하나가 나도 데려가줄지."

나도 모르게 눈썹이 치켜올라갔다. 그런 말을 다른 사람 앞에서 아무렇지도 않게 하는 엄마가 야속했다. 내가 그러거나 말거나 엄마는 계속 뭔가가 궁금한 모양이었다.

"외국여행 가려면 돈도 많이 들지? 일이백은 일도 아니라던데……."

"엄마."

엄마는 내 말은 들은 척도 하지 않고 마리 얼굴만 빤히 쳐다봤다.

"날짜만 잘 맞추면 비행기표를 싸게 구할 수가 있거든요. 잠은 게하나 에어비앤비를 이용하고. 그러면 생각보다는 많이 들지 않아요."

"오…… 그렇구나. 근데 게하가 뭐야?"

"엄마, 그만해. 시간도 늦었는데."

최대한 짜증을 감추려 애썼는데도 미세하게 목소리가 갈라졌다.

"아이고, 그래. 난 또 시간이 이렇게 된 줄 몰랐지."

"죄송해요, 제가 너무 늦게 왔어요."

"거기서 여기까지 거리가 얼만데. 일찍 오려야 올 수나 있었겠니. 아무튼, 이야기는 차근차근히 하고 일단 오늘은 하나 방에서……."

"맞다, 이불이랑 베개 꺼내놓는다는 걸 깜빡했네. 아마 맨 바닥보다는 소파가 편할거야."

나는 그 어느 때보다도 빠른 속도로 엄마의 말을 잘랐다.

"그래, 그럼 그렇게 하든지. 그러고 보니 나도 피곤하네."

엄마가 그제야 몸을 일으켰다. 그러자 마리도 따라

일어섰다. 나는 마리가 방으로 들어가는 엄마를 향해 공손히 인사하면서 동시에 문이 열린 내 방을 힐끔 쳐다보는 것을 놓치지 않고 보고 있었다.

안방 문이 닫히자 그제야 마리는 나를 돌아보며 살며시 미소지었다. 마치 어제도 그제도 우리가 만나서 애기를 나누었고 그래서 오늘 이렇게 마주하고 있는 것이 별일이 아니라는 듯이.

"그나저나, 나 좀 씻어도 될까? 아까 걸어오는 길에 땀을 너무 흘렸나봐."

"어, 그래. 얼른 씻어."

나는 아무렇지 않은 듯 고개를 끄덕였다.

마리는 가방에서 조그만 파우치 같은 것을 꺼내 화장실로 향했다. 그 모습을 지켜보는 내내 세상이 나와는 상관없는 방식으로 계속해서 움직이는 것 같다는 생각이 들었다.

늘 나만 모르지. 나만 뒤처져 있고. 밑도 끝도 없이 왜 그런 생각이 들었는지 모르겠지만 그냥 그런 생각이 들었다.

그제야 다음날 있을 오전 미팅이 떠올랐다. 새로 바

뀐 원장이 인턴들을 붙잡고 한 소리 늘어지게 할 게 분명한 회의였지만 지난달 전체 매출액도 발표할 예정이라 마음이 심란했다.

하나 실장은 그렇게 입 꾹 닫고 살거지? 저기 아정 실장 좀 봐. 벌써 한 달 예약이 꽉 찬 거 알아?

아마 원장은 찾아오는 고객들마다 자기 손님으로 만들어버리는 귀신같은 아정이 있어서 그나마 숍이 운영되는 거라고도 말하겠지.

있지, 하나 씨. 내 생각에는 성격도 능력인 것 같아.

마음 같아선 '그래, 너 성격 좋아서 참 좋겠다.' 하고 쏘아붙이고 싶었지만 나는 그저 가만히 웃으며 그러게요, 하고 말했을 뿐이었다. 그러게요, 라니. 얼마나 바보처럼 보였을까. 웃지나 말 것이지.

이런 저런 생각에 심란해진 마음으로 시계를 보니 벌써 열한 시였다. 갑자기 피로가 몰려왔다. 그러나 막상 방에 들어가자 어쩐지 정신이 말짱해져서 어둠 속에 가만히 누워만 있었다.

그나저나 마리는 정말로 내가 보고 싶었던 것일까. 마리—그 이전에는 박말희였던—가 한때 내 유일한 친구였던 것만큼은 사실이었다. 그렇더라도 이미 연락이 끊긴 지 오래된 옛 친구의 집에 방문할 정도로 우리가 특별한 관계였느냐고 누군가 묻는다면 선뜻 대답할 수 없을 정도로 나는 말희의 등장이 어리둥절하기만 했다. 우리는 엄마들 때문에 만난 사이였다. 말희의 엄마와 우리 엄마가 어릴 적부터 친구였고 그런 인연으로 자연스럽게 친해졌을 뿐이었다. 어느 해 겨울에는 각자의 엄마들이 일하러 나가고 없는 동안 긴긴 겨울방학을 내내 함께 붙어 다니기도 했었지만. 무얼 했는지는 잘 기억나지 않는다. 아마도 황미나의 《아뉴스데이》나 《우리는 길 잃은 작은 새를 보았다》 같은 순정만화를 보며 되지도 않는 연애를 꿈꾸거나 분식집에서 즉석떡볶이 같은 것을 사먹으면서 시간을 보냈을 것이다. 그런 식으로 묵은 기억 속을 헤집어보니, 말희와 꽤 많은 시간을 보낸 것도 같다. 말희는 늘 내가 하자는 대로 그림자처럼 말없이 따라주었다. 그때의 말희는 모든 것이 희미했다. 목소리도 작고, 얼굴도 그다지 예쁜 편이 아닌데다 항상 조용히 앉아 있기만 해서 아무도 우리 반에 박말희가 있는지 모를 만큼 존재감이 없었다. 나중에 졸업사진을 보고서야, 아, 우리 반에 이런 애가 있었지, 하고 생각할 만큼.

마리는 오래 씻었다. 안방에 들어간 엄마가 다시 텔레비전을 켰다가 끌 때까지 욕실에서 물소리가 났다. 말희의 어느 곳에 이런 무례와 몰염치가 숨어 있었을까.

아니다. 어쩌면 마리도 지금쯤은 후회하고 있을지도 모른다. 어릴 적 친구라고는 하지만 타인임이 명백한 사람의 집에 찾아와, 한밤중인데도 욕조에 뜨거운 물을 받아 몸을 씻으면서 내가 지금 무얼 하고 있는 거지, 생각하고 있을지도. 나는 단지 여기가 나의 집이라는 이유로 괜스레 의기양양해져서, 마리를 이해하려 애를 썼다. 그래도 역시 마리는 어쩐지 말희가 아닌 것 같았다. 그때의 말희가 마리가 아니었듯이.

이런저런 생각 끝에 겨우 잠이 들려고 하려는데, 누군가 방문을 노크했다. 몇 번 몸을 뒤척이다 할 수 없이 자리에서 일어나 문을 열었다. 뜨거운 물 속에 얼마나 오래 있었는지 얼굴이 빨갛게 익은 마리가 문 앞에 서 있었다.

"있지, 정말 미안한데…… 라면 같은 게 좀 있을까?

저녁을 일찍 먹었더니 배가 좀 고프네……."

정말이지 두 손을 들고 말았다. 나는 내 얼굴이 경직되는 것을 느끼며 애써 아무렇지 않게 밖으로 나왔다. 주방으로 가 냉장고 문을 열어보았지만 먹을 게 있을 리 없다. 난감했다. 내가 주방 이곳저곳을 뒤져보는 동안 마리는 조그만 형광등 불빛 아래 서 있었다. 언뜻 훔쳐본 맨얼굴이 뜻밖에 말갛고 깨끗해서 깜짝 놀랐다.

다행히 컵라면 하나를 찾아내서 커피포트에 물을 붓고 코드를 꽂았다. 물이 끓는 동안 마리는 식탁 의자에 앉았다. 내가 라면에 끓는 물을 붓고, 냉장고에서 김치를 꺼내오고, 식탁 위에 젓가락을 놓는 것을 마리는 너무도 당연하다는 듯이 바라보고만 있었다. 그래, 마리는 손님이니까, 하고 마음을 다독였다.

"아, 잘됐다. 마침 뜨거운 게 먹고 싶었는데……."

마리는 누구에게랄 것도 없이 혼자 중얼거리면서 컵라면 뚜껑을 고깔 모양으로 접었다. 그러고는 접은 뚜껑에 조심스레 면발을 담아 후루룩 소리 내며 라면을 먹었다.

"많이 놀랐지?"

멀뚱히 서 있는 나를 보고 마리가 입을 오물거리며
물었다.

"사실 나도 속으로 놀라는 중이야. 우리가 이렇게 다
큰 어른이 되어서 만나게 될 줄은 나도 몰랐거든."

뭐가 그리 우스운지 마리가 큭, 하고 웃었다.

"사실은 너 꼭 한번 보고 싶었는데. 이런 식으로 만나
게 될 줄은 몰랐지만. 그러고 보면 우리도 인생 참 오래
살았다, 그지?"

그래도 한때는 서로 내밀한 이야기를 주고받을 만큼
친한 사이였으니 나 역시 마리가 아주 반갑지 않은 것
도 아니었다. 워낙 갑작스럽게 나타나서 그렇지 따지고
들면 하룻밤 정도 함께 밤을 지새우며 지난 추억을 이
야기하지 못할 이유도 없다 싶었다. 그제야 나는 피식
웃으며 마리 앞에 마주 앉았다.

"그러게. 정말 별일이다. 우리가 이렇게 다시 만나다
니."

마리는 국물을 마시느라 들고 있던 라면 용기를 내려
놓고 기도하듯 두 손을 마주 잡았다.

"내가 이렇게 간절히 기도했거든." 마리가 말했다.

"널 꼭 다시 만나게 해달라고."

농담인지 진담인지 모를 말을 하면서 마리가 웃었다.

"사실 나 네가 준 편지도 다 갖고 있다."

편지라고? 아무리 생각해도 그런 기억은 없다. 내가 편지를 써서 보냈다니. 그걸 또 마리는 모아두고 있었다니. 대체 무슨 생각으로?

"나중에 보여줄게."

마리는 속삭이듯 말하고는 다시 라면을 후루룩 소리 내며 먹기 시작했다.

더 이상 할 말이 없던 나는 뒷정리를 부탁한다고 말하고는 내 방으로 돌아왔다. 잠자리에 눕고 보니, 왠지 무지막지한 하루였다는 생각이 들었다. 누군가 세계의 시간을 거꾸로 돌려놓은 건 아닐까 싶게 고요하고 아득한 밤이, 서서히 지나가고 있었다.

4

또다시 아침이 찾아왔다. 머리맡에서 시끄럽게 울어
대는 알람을 겨우 끄고는, 이불을 젖히고 침대에 걸터
앉았다. 정신이 들 때까지 잠깐 그러고 있는데, 밖에서
목소리가 들렸다. 웬일로 일찍 일어난 엄마가 아침식사
를 차리는 중인가보다, 생각하는데 또 다른 낯선 목소
리가 들려온다. 마리의 목소리. 그래, 마리가 있었다. 지
난밤 내 집 소파에서 자고 일어난 마리. 이 집에 엄마와
내가 아닌 다른 사람이 더 있다는 사실이 왠지 어색했
다. 그리고 불편을 느끼는 사람은 마리가 아니라 나라

는 사실도 이상하기만 했다. 어쨌든 새로운 하루가 시작되었다,고 마음속으로 생각했다. 마치 그래야만 일어날 힘이 생긴다는 듯이.

간신히 일어나 문을 열고 나가보니 두 사람이 사이좋게 대화를 주고받으며 주방에 서 있다. 몰라보게 달라져버린 마리가 지금 내 집의 부엌에서 요리를 하고 있다니, 이상한 아침이라고 생각했다.

"냄새만 맡아도 벌써 맛있을 것 같다."

냉장고에서 반찬을 꺼내오며 엄마가 말했다. 카레 냄새가 온 집 안에 퍼져 있었다.

"하나 입에도 맞아야 할 텐데……."

마리는 앞치마까지 두른 채, 냄비 속에서 끓고 있는 뜨거운 카레를 국자로 한 번 휘저으며 말했다.

"어휴, 괜찮아. 걘 그냥 차려만 주면 뭐든지 다 잘 먹는 애야."

엄마는 알까? 엄마가 나에 대해 그런 식으로 말할 때마다 내 키가 점점 작아지는 것 같은 느낌을 받는다는 것을. 구석에만 쌓이는 먼지처럼 내 마음 한 귀퉁이에도 엉킨 마음들이 쌓여간다는 것을.

"미안하지만 아침에 카레는 좀 그런데. 냄새가 오래 가서. 난 그냥 시리얼 먹을래."

나는 일부러 엄마를 보며 똑바로 말했다. 마리가 천천히 뒤를 돌아다보았고, 당황한 엄마가 내게 눈을 흘겼다. 그런 두 사람을 애써 무시하고 욕실로 향했다. 칫솔에 치약을 짜 묻히며 엄마의 목소리를 들었다.

"갑자기 웬 까탈이래."

그러고 나서 엄마가 마리를 향해 뭐라고 하는 소리가 들렸다. 아마도 마리의 기분이 상하지 않도록 달래고 있는 것일 테지. 나는 욕실 문을 소리 나게 닫아버리고는 미지근한 물로 머리를 감았다. 머리를 다 감고 난 뒤에는 드라이어로 젖은 머리를 말리고 내 방 화장대 앞에 앉아 화장을 시작했다. 그러는 동안에도 두 사람은 무슨 얘긴가를 끊임없이 주고받으며 아침식사를 차렸다.

"……네가 너무 예민한 거 아냐? 이유야 어찌됐든 어릴 적 친구라며."

며칠 전부터 만나자는 약속을 미뤄왔던 상준과 점심을 먹는 자리에서 마리 이야기를 했다. 상준은 재밌다는 듯 주의 깊게 들었고, 나름대로 열심히 반응을 보였다.

"아, 몰라. 엄마도 짜증나고. 왜 나한테 묻지도 않고 그런 결정을 혼자서 하는데? 현자 아줌마도 그래. 아무리 엄마랑 친한 사이라지만 갑자기 그런 부탁을 하는 것도 이해가 안 되고."

그렇게 말하고 나서 웨이터를 향해 손을 들어올렸다. 목이 너무 말랐다. 상준은 뭔가 적당한 말을 찾으려는 듯 고개를 살짝 옆으로 기울였다.

"너희 어머니 말이야…… 외로우셨던 건 아닐까?"

나는 보고 있던 메뉴판을 소리 나게 덮고 웨이터가 물잔에 물을 다 따를 때까지 기다렸다.

"외롭긴 뭐가 외로워? 거의 반평생을 나랑 둘이서만 살았는데."

나도 내 감정을 정확히 알 수 없어 혼란스러웠다. 상준의 말마따나 마리를 다시 만나게 되어 반가운 마음도 있었지만 딱 그만큼의 경계심이 내내 사라지지 않는 것도 사실이었다.

"직장 구할 때까지만 있겠다고 했다면서."

"언제 구해질 줄 알고."

"설마 거기서 평생 살겠어? 직장 구해지면 방도 얻는 다고 했다며. 아무래도 출퇴근 생각하면 가까운 곳에 방을 얻어야 하니까."

"걔 사정이 만만치 않게 딱하게 됐다는 건 나도 알 아."

문득 내가 너무 이기적으로 구는게 아닌가 싶었지만 그보다는 누구한테라도 이 어이없는 상황을 털어놓고 싶은 마음이 더 컸다.

상준이 알게 뭐냐는 듯 어깨를 으쓱거렸지만 나는 계 속해서 말을 이어갔다.

"걔네 엄마가 어디 투자했다가 사기를 당했다는데. 그동안 힘들게 벌어서 모아놓은 돈을 다 집어넣었대. 돈도 돈이지만 그 배신감은 또 어떻게 할 거야. 친한 사 람이었다는데. 너 사람이 누군가에게 속았다는 사실을 알게 되면 사는 게 얼마나 겁나는 줄 아니?"

"넌 꼭 그렇게 말하더라. 마치 다 살아본 사람처럼."

나는 어깨를 으쓱했다.

"마리 외조부모 두 분 다 피난민이라서 친척도 없고 그렇거든. 일찍 돌아가시기도 했고. 그러니 어디 도움을 청할 데도 없고. 아무튼 마리 걔가 지독한 데가 있어서 지 혼자 대학도 졸업하고 취직해서 돈도 벌고 했는데……."

"근데 그 돈 다 뺏겼다면서."

"뺏긴 건 아니고……. 빚 갚으라고 준 거지, 그냥. 냐두면 자기 엄마가 죽게 생겼으니까. 아니다…… 네 말대로 그게 뺏긴 거지 뭐야."

갑자기 그 모든 일들이 나한테 일어난 것처럼 속이 답답해졌다.

내가 마리였다면, 어땠을까? 살면서 크게 잘못한 것도 없는데 갑자기 살던 집도 잃고 모아둔 돈도 내놔야 한다면……? 그 생각을 하자 갑자기 내가 한심한 인간처럼 느껴졌다. 누구도 타인의 삶에 대해 쉽게 말할 수 없다는 걸 알면서도 그 순간 나는 그 일을 겪은 사람이 내가 아니라는 이유로 마리와 그 가족의 삶에 대해 함부로 떠들어대고 있었던 것이다.

"근데 직장은 왜 그만뒀대?"

조용히 혼자 얼굴을 붉히고 있던 나는 상준의 말에 겨우 고개를 들었다.

"어……? 그건, 나도 잘 모르지. 그만둔 건지 잘린 건지. 아무튼 그 일로 현자 아줌마가 아주 혼이 나가버렸대. 원래도 심장이 좀 안 좋았는데 그 일로 스텐트 수술까지 받게 됐고. 그 돈도 마리가 부담한 것 같더라."

"되게 착한 딸인가 보네……."

상준이 안타깝다는 듯 고개를 흔들며 말했다.

"그게 착한 거니? 답답한 거지."

그 말을 하는 동시에 나는 또 생각했다. 나라면 정말로 어떻게 했을까 하고.

일찍 혼자가 된 엄마와 자기 때문에 엄마의 발이 묶였다고 생각하는 딸.

'저것만 아니었으면.'

어린 시절 외갓집에만 가면 꼭 한두 번은 듣던 말. 마당에서 혼자 놀고 있는 나를 내려다보며 외할머니가 무심결에 내뱉은 그 말이 어린 나를 얼마나 위축되게 만들었던가 생각하니 마리의 마음이 이해될 것도 같았다.

나도 마리처럼 한때는 내가 엄마에게 꼭 필요한 존재라는 걸 증명하기 위해 필요 이상으로 애를 쓰던 시기가 있었다. 그러다 어느 순간 내가 아니었다면 엄마의 인생이 어떻게 달라졌을지 모른다는 생각은 더 이상 하지 않게 되었다. 내 의지와 무관하게 일어난 일에 대해서는 최대한 모른 척 하기. 그것이 상처로부터 나를 지키는 법이었다. 나라는 사람은 누군가 내게 실망을 할 것 같으면 내가 먼저 그 사람을 미워해버리는 쪽을 택하는 사람이었으니까. 그것만이 나를 보호할 유일한 방법이라고 생각했으니까.

때마침 주문한 음식이 나왔다. 나는 나를 둘러싼 갑갑한 공기를 밀어내듯 파스타 접시를 상준 앞으로 밀어주고는 말없이 커다란 볼에 든 샐러드를 포크로 찍어 먹기 시작했다. 상준도 제 앞에 놓인 샐러드 볼에서 양상추와 방울토마토 한 개를 먼저 먹었다. 상준이 토마토 조각을 먹고 나서 낮게 한숨을 쉬었다. 그러고는 곧 음식을 먹는 데 열중했다. 내 머릿속이 적잖이 소란스러운 것을 빼면 그날의 점심식사는 나쁘지 않았다. 파스타 면은 탄력이 있고, 짜지 않게 간이 잘된 소스는 혀에 감겼다. 홍합을 골라내서 상준의 접시 위에 놓아주었고, 상준은 그것을 하나하나 까서 먹은 뒤에 껍데기를 접시 한쪽에 밀어놓았다.

식사를 다 마치고 나서 우리는 뜨거운 아메리카노를 시켜서 천천히 마셨고, 내가 계산을 마치고 나온 다음에는 어깨를 나란히 하고 걸었다. 버스를 타고 상준의 집 근처 정류장에서 내린 뒤에는 또 한참이나 걸었다. 특별한 이유는 없었다. 그저 할 일도 없고, 모처럼의 휴일에 집에 일찍 돌아가기 싫기도 했다. 마침 상준이 자기 집에 가보지 않겠느냐고 해서 가는 것뿐이었고.

그런데 이렇게 오래 걷게 될 줄은 몰랐다. 아직 한여름이 아닌데도 깜짝 놀랄 만큼 더웠다. 우리 집에 비하면 상준의 집에 가는 길은 험난하다고까지 할 정도였다. 마을버스에서 내린 뒤에도 택시를 타고 갈 만큼 먼 거리를, 우리는 걸었다. 간간이 이런저런 대화를 나누다가도 경사가 가파른 오르막길에서는 저절로 입이 다물어졌다. 폭이 좁고 높다란 계단을 걸어올라갈 때는 상준이 앞에 서고 내가 그 뒤를 따라갔다. 그리고 거기, 이제 더 이상 올라갈 데도 없겠다는 생각이 들 만큼 높은 산 밑 지대에 집들이 있었다. 양철지붕에 녹슨 대문이 달려 있는 오래된 집들이었다. 어떤 집은 떨어져나간 대문을 대신하려고 판자를 세워두었고 또 어떤 집의 담벼락에는 붉은 페인트로 '개 조심'이라고 쓰여 있었다. 나는 갑자기 균형감각을 잃은 사람처럼 기우뚱하니 서서 문이라고 하기에도 민망할 만큼 녹슬고 부서진 대문을 상준이 열고 들어가는 것을 쳐다보았다. 상준이 해맑은 목소리로, 저 왔어요! 하고 말하는 소리에 이어 왔구나, 하는 노인의 목소리가 들려왔다. 상준이 안에서 들어오라고 소리쳤다. 나는 가방을 단단히 고쳐 멘 다음 상준이 그랬던 것처럼 녹슨 대문을 조심스레 잡아당겼다.

마치 돌멩이로 가득 찬 자루처럼 무거운 마음으로 그 집 마당에 들어선 순간, 환한 빛 무더기가 폭포수처럼 머리 위로 쏟아져내렸다. 눈을 뜰 수 없을 만큼 찬란한 빛이었다. 순간적으로 어지럼증이 일어서, 마당에 세워져 있던 빨래 지지대의 어느 한 부분을 손으로 붙잡았던 게 기억난다.

뭐랄까 그건, 뜻밖의 장소에서 찾아낸 생의 비밀 같기도 하고 사람들로부터 완전히 잊힌 세계의 한 귀퉁이 같기도 한, 그렇게 꿈속 세상처럼 아득한 장소였다. 상준의 집과 그 집의 마당은.

누군가 조그마한 보따리처럼 등을 구부린 채 마루 끝에 엉덩이를 대고 앉아 있는 것을 보고 난 뒤에도 한동안 정신을 차릴 수가 없었다. 상준이 얼음이 담긴 물잔을 내오기 전까지 나는 그러고 서 있었다. 표면에 물방울이 송송 맺혀 있는 컵을 받아 들고 나서야 퍼뜩 정신이 났다. 그제야 나는 한 손에 컵을 받아 든 채 안녕하세요,라고 작은 목소리로 인사할 수 있었다. 노인의 반쯤 감겨 있던 눈꺼풀이 누군가 억지로 위로 잡아 끌어당기듯 천천히 올라갔다. 간신히 위로 올라간 눈꺼풀이 파르르 떨리더니 맥없이 도로 내려앉아버리는 것을 보고는 상준이 어깨를 으쓱거렸다.

"거의 매일 저러고 계셔."

상준이 멋쩍게 웃으면서 마당에 있던 조그만 평상 위로 올라갔다. 그러곤 두 팔을 상체 뒤로 뻗어서 바닥을 짚고 하늘을 올려다봤다. 바로 그때 뭔가 강한 충격이라도 받은 듯이 노인이 두 눈을 번쩍 치켜떴다. 그러고는 나를 향해 이리 와 앉으라고 손짓했다. 나도 모르게 긴장해서, 마루로 총총 걸어가 앉았다.

"상준이 색시여?"

"……."

한 덩어리의 구름이 상준의 머리 위에 그늘을 만들었다. 노인은 또다시 눈을 감았다가 간신히 위로 치켜떴다.

"상준이 친구예요."

노인이 잘 들을 수 있도록 큰 소리로 말했다.

"으잉, 색시구먼. 상준이가 색시를 데려왔구먼……."

어디선가 더운 바람이 훅 끼쳐왔다. 나는 노인이 더 잘 알아들을 수 있게 크고 또렷한 목소리로 "아니요, 친구예요, 친구! 같은 고등학교를 나왔거든요!"라고 거듭 확인시켜주었다. 평상에 앉아 있던 상준이 굳은 얼굴로 그런 내 모습을 말없이 지켜보고 있었다.

구름이 걷히고 마당에 다시 해가 비쳤다. 잠시 아무 말 없이 앉아 있던 노인이 메마른 손을 힘겹게 들어올려 상준을 불렀다. 아마도 방에 데려다달라는 뜻인 듯했다. 상준이 잽싸게 달려와서 자신의 어깨에 노인의 팔을 걸치고 그를 일으켜세웠다. 나도 상준을 도우려고 몸을 일으켰다. 하지만 옆에 어정쩡하니 서 있어서 방해될 뿐이었다. 상준이 노인을 가볍게 부축해서 방에 모셔다드리고 나왔다.

난데없이 지붕에서 후두둑, 소리가 들려왔다. 비가 내리는 건가 싶어 고개를 젖히고 보니 지붕에 앉아 있던 검은 새들이 일제히 한꺼번에 날아올라 위로 솟구치고 있었다. 금세 브이자로 대열을 가다듬은 새들이 까마득히 먼 하늘을 향해 날아가는 것을 상준과 나는 나란히 앉아 지켜보았다. 상준의 몸에서 끈적한 땀 냄새가 났다.

　"그걸 보여주지 않고 너에게 내 전부를 보여주었다 말할 수 없을 것 같았어."
　나중에 상준은 내게 그 집을 보여준 이유에 대해 그렇게 말했다. 그러니까 그건 자신의 일부였다고. 아무도 찾아오지 않는 쓸쓸한 집과 집 안 곳곳에 밴 가난의 풍경과 하루 종일 자신이 오기만 기다리고 있는 병든 할아버지를 나에게 보여주고 싶었노라고. 자신이 가진 전부를 보여주고 나면 용기가 생길 줄 알았다고.

　우리는 대합실에 앉아 오지 않는 버스를 기다리는 사람들처럼 시선을 자주 담 너머로 향했다. 어디선가 개가 짖었다. 아까는 보지 못했던 고양이가 재주꾼처럼 아슬아슬하게 옆집의 담장 위를 걸어가고 있었다. 어느 집 앞에선가 오토바이가 멈추는 소리가 들렸고, 다시 떠나는 소리가 들렸다. 그때 문득, 마리가 떠올랐다. 아직도 집에 있을 것이다. 나 대신 엄마와 나란히 텔레비전을 보고, 오이를 썰어 마사지한 뒤에, 신선한 재료를 사다 요리해서 먹고 있을 것이다. 그런 생각을 하자 여기에 더 머물러 있으면 안 되겠다는 생각이 들었다. 꿈에서 깨어난 듯이 두리번거리며 마루에서 일어났다. 그러고는 한달음에 그 무너져가는 집에서 빠져나왔다. 상준이 내 뒤를 쫓아나왔다.

"데려다줄게!"

그냥 가겠다는 표시로 손을 위로 올려서 흔들었다. 굿바이, 뒤돌아보지도 않고 그렇게 외쳤다. 벽을 짚어가며 가파른 계단을 내려오는데 어느 집에선가 다시 개가 짖었다.

5

8월이 시작되었다. 시간은 흐르는 물처럼 흘러갔다. 마리는 아직 직장을 구하지 못했지만 엄마도 나도 마리와 함께 생활하는 데 어느덧 익숙해진 듯했다. 오히려 이젠 마리 없이 엄마랑 단둘이 있는 게 어색하게 느껴질 정도였다.

숍의 매출도 꾸준히 늘었는데 그사이 전화해서 일부러 내 이름을 찾는 고객들이 생겨나기 시작했다. 나보다 육 개월 먼저 실장을 달았던 아정의 매출은 오히려 떨어지고 있었다.

사람들은 참 희한하단 말이야. 말이 많으면 많다고 싫다고 해, 말이 없으면 없다고 불안하다고 해. 뭐 어쩌라는 건지 참.

원장이 지나가듯 하는 말이었지만 나는 그게 아정의 주 고객들이 리뷰에 올린 불만사항임을 알았다.

차츰 다른 실장이나 디자이너들의 인정을 받게 되자 숍에서의 내 위상도 조금은 높아졌다. 내가 손을 뻗기만 해도 인턴들은 재깍재깍 필요한 물건들을 내 손에 얹어주었고 휴게시간에 일부러 내 옆에 앉는 디자이너들도 생겨났다. 그토록 바라던 일이었지만 어쩐지 그 모든 게 피곤하게만 느껴졌다. 내가 속한 이 작은 소셜 안에서의 인정투쟁에 성공한다고 해도 삶이 크게 달라질 것 같지 않아서였다. 고객들은 언제든 마음이 바뀌고 변심한 고객들은 다시는 돌아오지 않는다. 나는 늘 그 사실을 잊지 않으려고 했다. 세상에서 가장 믿기 힘든 게 사람의 마음이라는 것을.

함께 일하는 동료들 사이에서도 적당한 거리를 유지하려고 애를 썼다. 누구에게도 진심을 보여줘선 안 된다. 그 진심이 너의 약점이 되리라. 가끔씩 사람 때문에 힘들어하는 상준에게 농담 삼아 하는 말이었지만 사실 그것은 나를 향한 다짐이기도 했다.

언젠가 단순한 호기심으로 인터넷 검색창에 '진심'의 뜻을 검색해보기도 했다.

진심. 참되고 변하지 않는 마음의 본체.

나는 피식 웃었다. 변하지 않는 마음의 본체라니. 과연 인간에게 그런 게 있을까?

그때의 나는 회피와 냉소가 나를 보호해줄 것이라고 철썩같이 믿고 있었다. 그런 식으로 모든 일에서 한 발짝 떨어진 채로 흐릿하게 세상을 바라보면 가슴 아플 일이 없을 줄 알았다.

그건 착각이었을까.

가끔 마감 담당일 때면 직원들이 모두 퇴근한 뒤의 숍에 혼자 남아 뒷정리를 하고 난 뒤, 도로를 향해 나 있는 커다란 창가에 서서 바깥 풍경을 한참 바라봤다. 도심의 불빛은 가슴이 미어지도록 환해서, 바라보는 내내 희미한 통증이 느껴질 정도였다. 가끔은 충동적으로 그 빛 무더기를 손안에 넣을 수 있다는 듯 손을 뻗어 유리창에 갖다 대보기도 했다. 빛은 잡을 수 없는 꿈처럼 너무 멀었다. 달은 너무 빨리 떴고 방심한 마음은 이상하게 허전했다. 되고 싶은 것도, 하고 싶은 것도 많았던 학창 시절의 나는 어디로 사라졌을까. 지금의 나는 그때의 나와 같은 사람이라고 할 수 있을까.

그때만큼은 마음 한구석에 먼지처럼 쌓여 있던 상념들이 한꺼번에 존재감을 과시하며 마음의 표면 위로 떠오르는 듯했다.

만일 내가 이대로 죽으면 내 장례식장에는 누가 찾아오지?

며칠 전 마감일에는 그런 엉뚱한 생각이 들기도 했다. 나는 얇은 카디건의 앞섶을 단단히 여미며 고개를 흔들었다. 마치 그렇게 하면 무언가로부터 나 스스로를 보호할 수 있다는 듯이.

아직 거기 있어?

마리에게 문자가 온 건 바로 그때였다.

창가에 서 있는 사람 너 맞지?

나는 마리가 거기 있을 리 없다는 걸 알면서도 텅 빈 숍 안을 재빨리 둘러봤다.

마리

내가 보여?

핸드폰 자판을 빠르게 누른 뒤 메시지를 전송했다.

너는? 너는 나 보여? 나 여기 있어. 건너편에.

깜짝 놀란 나는 창문 앞으로 더 바짝 다가갔다. 맞은편 신호등 불빛 아래 이쪽을 향해 손을 흔들고 서 있는 마리가 있었다. 그렇게 많은 사람들 사이에 섞여 있는데도 한눈에 마리를 알아볼 수 있다는 게 신기하기도 하고 재밌기도 해서 나도 모르게 팔을 힘차게 흔들었다.

오, 보인다 보여ㅋㅋㅋ

그때 내가 소리없이 함박 웃음을 짓고 있었다는 사실을 마리는 알았을까.

너 오늘 마감이라며ㅜ 집 같이 들어가려고. 혹시나 갔을까봐 완전 뛰어왔닼ㅋㅋ

금방 내려갈게.

빨리 와. 여기서 기다릴게.

나는 실내 전원 버튼을 내린뒤 숍을 나왔다. 길 건너편에서 누군가 나를 기다리고 있다는 사실만으로도 숨이 가빠져서 엘리베이터의 닫힘 버튼을 여러 번 눌러야 했다.

"이렇게 나란히 걷고 있으니까 참 좋다. 옛날 생각도 나고."

아직 식지 않은 한낮의 열기가 맨살에 끈적하게 들러붙는 늦은 저녁이었고 우리는 마트에서 장을 보고 나오는 길이었다. 마리가 먹고 싶다던 메론맛 아이스크림도 각자 하나씩 들고 있었다.

"옛날…… 언제?"

내가 아이스크림을 한입 베어먹자 마리가 웃었다.

"여전히 깨물어 먹는구나."

그 말에 나도 웃었다. 아이스크림을 먹는 걸로도 마리와 나는 서로의 방식이 더 옳다며 싸우곤 했다. 나는 여전히 아이스크림의 끝부분을 입안에 넣어 천천히 녹여 먹는 마리를 보며 속이 터진다는 듯한 표정을 지었다. 마리가 어깨를 들썩이며 웃는 걸 보니 정말로 예전 그때로 돌아간 듯한 착각이 들었다.

"6학년 여름방학 때였나? 아무튼 그때 너희 고모네 집에 가려고 버스를 탔다가 잘못 내려가지고 그 먼 시골 길을 한참이나 걸었잖아. 기억 안 나?"

왜 기억이 안 나겠는가. 변치 않는 마음의 본체란 게

있다면 내 마음은 그런 날들로 이루어진 무언가일 텐데.

그날 엄마 아빠가 크게 싸웠고 그래서 나는 집을 나왔다. 막상 집을 나왔지만 갈 데가 없어 마리네 집에 갔더니 마리 역시 엄마랑 싸우고 막 집을 뛰쳐나오는 중이었다. 정말로 말도 안 되는 우연이긴 했지만 각자의 집안에서 그런 비슷한 일이 반복되었기 때문에 딱히 우연이랄 수도 없기는 했다. 어찌됐든 나는 내 부모가 자신들의 문제가 아닌 나 때문에 싸우거나 고민을 좀 했으면 싶었고 마리는 자신이 집에 없으면 개수대에 설거지가 얼마나 많이 쌓이는지 엄마가 알아줬으면 한다는 이유로 가출하기로 했다. 그렇지만 돈도 없고 딱히 갈데도 없었다. 그래서 생각해 낸 곳이 그 당시 버스로 한시간 정도 거리에 있는 고모네 집이었다. 고모한테는 비밀로 해달라고 부탁하고 며칠 집에 들어가지 않으면 그제서야 각자의 부모들이 우리를 찾으며 자신들의 잘못을 뉘우치게 되리라는 순진한 착각을 우리는 했던 것이다.

"그때 나 속으로는 진짜 무서웠다."

반밖에 남지 않은 아이스크림을 먹으면서 내가 말했다.

"너까지 데리고 나왔는데 고모 집을 못 찾아가면 어쩌지 하고. 내가 길치잖아……. 야, 그땐 핸드폰 이런 것도 없었다."

"맞아, 돈도 없었고."

사실 그때 마리에게조차 말하지 못한 게 있었다. 그날은 아빠가 처음으로 엄마에게 손찌검을 한 날이었다. 마리에게 모든 걸 털어놓는다고 해도 그 말만은 차마 할 수 없을 것 같았다. 나조차 알 수 없는 마음 깊은 곳에서 작은 돌멩이 하나가 구르기 시작한 건 아마도 그때부터였을 것이다. 그 작은 돌멩이가 나중에 내 마음의 본체를 이루는 주춧돌이 되었는지도.

"하, 그 어린 것들이 말이야."

내가 그런 생각에 빠져 있을 때 마리가 허세가 잔뜩 낀 목소리로 말했다.

"그 먼 길을 말이야, 응? 그렇게 걸어갔다니까? 아마 한 시간도 더 걸었을걸."

"오버하지 마. 고모 말이 십 분 정도 거리였대."

"그렇지만 심리적인 거리라는 것도 있으니까."

마리가 아이스크림 막대를 어금니로 깨물며 말했다.

우리는 한동안 옛 추억에 빠진 채 계속해서 걸어갔다. 그날 나는 그렇게 많이 웃어본 게 얼마 만인지 모를 만큼 웃었고 웃다가 눈물을 찔끔 흘리기도 했다.

집에 도착한 뒤에는 당연하다는 듯 마리가 팔을 걷어붙였다. 식탁 위에 장 본 것들을 늘어놓고 냉장고에 하나씩 쟁여넣는 것도 마리가 다 했다. 집안일에 관한 한 마리의 머릿속에는 하나부터 열까지 다 계획이 세워져 있는 듯했고 어느 순간부터 엄마와 나는 마리의 요리를 기다리는 사람들이 되어 있었다.

마리는 자신이 어떻게 처신해야 이 집 안에서 자리 잡을 수 있는지 확실히 알고 있는 것 같았다. 엄마와 내가 미루느라 놓치고 있던 자잘한 집안일들을 — 욕실의 전등을 간다거나, 세탁이 끝난 세탁기 속의 빨래를 널어놓는다거나, 다 죽어가는 화분의 식물을 되살리는 일 — 단숨에 해치워버리곤 했다. 엄마는 가끔 마리가 없었으면 어쩔 뻔했느냐고 말했고 나도 그 말에 동의했다.

"말 할 사람이 없으니 뭐 먹을 때 빼고는 하루 종일

입을 열 일이 없더라고. 오죽하면 입에서 풀이 나겠다
고 생각했다니깐. 하나 저것은 집에만 오면 피곤하다고
입을 꾹 닫아버리니⋯⋯."

마리가 오기 전, 그러니까 아빠를 돌보느라 직장을
그만둔 엄마가 장례식을 마친 이후로 집에서 혼자 보낸
시간을 엄마는 그렇게 표현했다. 그 말에 마리는 박수
까지 치면서 과장되게 웃었다.

"아줌마는 밖에 나가기만 하면 사람들한테 인기가 좋
을 거예요. 말씀을 너무 재밌게 하셔서."

"그때 거기도 일이 힘들어서 그랬지 사람들하고는 괜
찮았어. 내가 한두 마디 하면 다 웃고 그랬다니까."

설거지를 하며 두 사람이 하는 이야기를 듣는 동안
나는 엄마 앞에서 웃고 있는 마리의 저 마음은 어떤 것
일까 생각했다.

저 애는 정말로 엄마와 이야기하는 게 하나도 지루하
지 않을까. 실은 자기도 피곤하고 힘들어서 그만 쉬고
싶은데 남의 집이라 차마 내색하지 못하는 것은 아닐
까, 하고 생각했다.

한편으론 내가 엄마한테 하지 못했던 걸 마리가 대신

하고 있다는 생각에 미안한 마음이 들기도 했다. 그러면 또 내가 누구 때문에 이런 불필요한 죄책감을 느껴야 하나 싶어 은근히 짜증이 일었다. 그때마다 눈에 띄게 밝아진 엄마의 환한 얼굴을 떠올리며 이내 마음을 가라앉히곤 했다.

뭣이 중한디…….

몇 해 전 상준과 함께 본 영화에서 나온 대사가 떠올라 혼자 피식 웃었다.

그래, 중요한 건 그게 아니지.

애초에 변치 않는 마음의 본체란 없다고 믿으면서도 그 마음이 변치 않는 마음이기를 바라는 내 마음에 비하면, 마리의 마음이 그나마 진심에 가까운 것일지도 모른다고, 그때의 나는 생각했다. 누군가에게 잘 보이고 싶고 중요한 사람이고 싶은 마음이 잘못된 것은 아니니까. 그런 마음을 표현하지도 못하면서 매사 다른 사람의 마음을 의심부터 하고 보는 내 마음이 삐딱한 것일 테니까.

식탁 앞에서 이런저런 이야기를 나누던 두 사람은 이

내 약속이나 한 듯 냉장고에 넣어둔 마사지 팩을 꺼내 나란히 얼굴에 붙이고 거실에 누웠다. 마리가 싫다는 내 얼굴에 억지로 팩을 붙이려 드는 바람에 분위기가 살짝 이상해질 뻔했지만 마리 특유의 너스레 덕분에 가볍게 웃고 넘기는 선에서 상황이 정리되었다.

두 사람을 뒤로 한 채 방으로 돌아온 나는 침대에 누워 상준의 할아버지를 떠올렸다.

조는 듯 잠든 듯 마루 기둥에 머리를 기대고 앉아 있던 병든 노인의 모습이 어쩐지 쉽게 잊히지가 않았다. 내게 상준의 색시냐고 묻던 그 기이하게 희번덕거리던 눈동자를 본 뒤로는 상준을 예전처럼 대하지 못할 것 같다는 생각이 들었다.

"나 요새 너무 많이 먹는 것 같아. 이러다 굴러다니겠어."

어느새 방으로 들어온 마리가 내 침대 위로 몸을 훌쩍 던지며 말했다. 나는 흠칫 놀라 팩을 하고 난 뒤 번들거리는 마리의 얼굴을 빤히 쳐다봤다. 이 애가 언제부터 이렇게 내 침대에 스스럼없이 올라왔던가. 마리는 마치 제 방 침대에 누운 사람처럼 편안해 보였다.

"어, 미안."

내가 저를 쳐다보는 게 느껴졌는지 마리가 침대 끄트머리로 몸을 조금 움직였다.

"그러다 떨어져. 이만큼 와."

내가 벽 쪽으로 몸을 조금 움직이자 겨우 팔 하나가 들어갈 만큼의 빈 공간이 생겨났다. 그토록 좁은 공간이 어쩌면 마리를 향해 내어줄 수 있는 내 마음의 면적이라는 듯이.

마리는 금세 웃는 얼굴로 내 옆에 바짝 붙으며 좋다, 고 중얼거렸다. 정말 편하고 좋아.

무엇이 그렇다는 것인지 알 수 없었지만 그 말이 나를 부끄럽게 만들었다. 자꾸만 치사해지려는 내 마음도 모르고 그저 편하고 좋다고 말해버리는 그 솔직함이 불편하면서도 한편으로는 마리 앞에서는 내 마음을 숨기느라 애쓰지 않아도 되겠구나 하는 생각이 들었다.

마리가 우리 집에 정식으로 세 들어 살기로 한 건 그러니까 순전히 돈 때문만은 아니었다. 처음엔 며칠만 신세를 지기로 하고 우리 집에 왔던 마리였지만 며칠이 몇 주가 되고 그 몇 주가 달을 넘어갈 조짐을 보이자 마리가 제안한 것이었다.

"어차피 방을 구해서 나갈 생각이었으니까. 너만 좋다면 좀 더 여기 있고 싶어."

엄마는 내게 신중하게 생각해보자고 했지만 사실 엄마의 마음이 그쪽으로 기울었다는 것을 나는 알았다. 엄마가 일을 그만둔 후론 내 월급만으로 전세대출금을 갚아나가기도 빠듯했기 때문이었다. 게다가 아빠가 병원에 있을 때 생긴 카드빚도 적지 않았다.

"그래도 엄마 친구 딸인데 어떻게 돈을 받아."

"네 친구이기도 하고."

"세를 놓을 방도 없는데."

"그냥 지금처럼 거실에서 생활하면 된다고는 하는데."

"정식으로 돈을 내기 시작하면 얘기가 또 다르지."

"……."

"사실 마리가 있다고 해서 별로 불편한 건 없어. 오히려 그 반대지. 집이 좀 사람 사는 집 같아졌다고 할까……."

"그러니까 엄마는 좋다는 거네."

"아니, 뭐. 말하자면 그렇다는 거지. 나보다는 네 생각이 더 중요하기도 하고."

그런 식으로 별다른 결론을 내리지 못하고 있었는데 마리가 엄마 통장으로 돈을 보낸 것이다.

"처음부터 이랬어야 되는데, 그땐 며칠만 신세지고 나갈 생각이어서…… 죄송합니다."

"죄송하긴…… 오히려 우리 입장이 참 그러네. 그냥 있으라고 하고 싶은데 네 입장에선 또 그게 아닐 것 같고."

"서울에 마음 놓고 있을 곳이 있다는 게 어디예요. 진작 서울로 올라오고 싶었는데 엄마가 하도 붙잡는 바람에……. 근데 이젠 명분도 없어졌으니까. 이번 기회에 저도 독립이란 걸 좀 해보려고요."

마리의 말에 엄마가 고개를 끄덕였다.

"그래도 너한테 내줄 방 한 칸도 없는데 세를 받는 건 우리 입장에서 좀 그렇긴 해."

내 말에 마리가 눈을 살짝 흘겼다.

"너 그럴 때 보면 정말 모르는 사람 같더라. 방은 무슨 방. 난 지금 이대로도 좋은데. 나 정식으로 취직하면 또 어떻게 될지 모르기도 하고."

"모르겠다, 난. 아무튼 있는 여기 동안 편히 지냈으면 좋겠어. 지금처럼."

그런 이야기가 오간 뒤에는 우리 사이에 한동안 기이한 활기가 흘러넘쳤다. 엄마와 나는 미안함을 감추기 위해 그랬을 것이고 마리는 우리의 부담감을 덜어주려고 그랬을 것이다. 그러면서도 서로 애쓰는 티를 내지 않으려고 조심했던 것 같다. 그런 분위기가 아니었다면 나는 내 방을 마리와 함께 쓰겠다는 결심은 절대로 하지 못했을 것이다.

"난 정말 이대로도 괜찮은데."

마리는 사양했지만 엄마가 옆에서 거들었다.

"어휴 그래. 하나 말이 맞다. 그 방이 작은 방이긴 해도 꽤 크니까 같이 써도 괜찮을 거야."

기껏 마음을 쓰느라고 말을 꺼냈는데 엄마의 말에 괜한 소릴 했구나 싶었다. 꼭 그 일이 아니더라도 내가 한

번 꺼내 보인 마음을 도로 집어넣고 싶게 만드는 이상한 능력이 엄마에게는 있었다.

나는 옷장의 반을 마리에게 양보했다. 마리는 몇 벌 되지 않는 옷가지들을 옷걸이에 나란히 걸어두었다. 청바지와 면티가 대부분이었다. 내 방 화장대 위에는 마리가 쓰는 스킨과 미스트 병이 놓여 있었다. 처음엔 짐이 별로 없다고 생각했는데 자꾸만 어디선가 마리의 물건들이 하나씩 나타나서 제 몫의 공간을 요구하는 것 같았다. 그렇게 아무도 의식하지 못할 만큼 조용한 방식으로, 마리는 내 삶에 들어오고 있었다.

저녁을 먹고 난 뒤에, 나는 침대에 누워 스마트폰을 만지작거리고, 마리는 화장대 앞에 앉아 수첩에다 뭔가를 적고 있었다. 엄마는 동창 모임이 있다며 한껏 차려입고 집을 나간 뒤였다. 난데없이 동창이라니. 한 번도 그런 모임에 나간 적이 없던 엄마가 웬일인가, 싶었다.

"참, 편지 보여준다고 했었지?"

수첩을 덮고 일어난 마리가 이제야 생각이 났다는 듯 벌떡 일어나 옷장 문을 열었다. 그러곤 어딘가에서 한

묶음이나 되는 편지 뭉치를 찾아냈다.

"봐, 정말이지?"

마리는 생글생글 웃으며 침대에 걸터앉았다. 나는 아
연실색해서 두툼한 편지 뭉치들을 넋 놓고 바라보았다.
마리가 그중 아무거나 한 장을 끄집어내서 내게 건넸
다. 별생각 없이 색이 바랜 노란 편지지를 펼쳐 보았다.

오늘 할머니하고 싸웠어. 내가 아빠는 어릴 때 어떤
사람이었느냐고 물었거든. 할머니는 눈을 반짝이며 자
랑을 시작했어. 고등학교 때까지 단 한 번도 일 등을 놓
친 적이 없는 아들이라고. 시장에 데리고 나가면 다들
부러운 눈으로 쳐다보곤 했다고 말이야. 아빠는 누군가
자기를 앞질러 걸어가는 것도 못 견딜 만큼 샘이 많았
다고 해. 누가 시키지 않아도 졸린 눈꺼풀을 비벼가며
밤새워 공부하던 아들이었다고. 그렇게 공부해서 성공
하면 할머니를 호강시켜드리겠다고 큰소리를 쳤대. 그
런 아빠가 스무 살도 되기 전에 여자를 데려와서 결혼
하겠다고 했을 땐 하늘이 무너지는 것 같았대. 할머니
는 우리 엄마를 엄청 미워해. 엄마만 아니었으면 의사

마리   71

가 되었을 텐데, 이른 나이에 엄마와 나를 부양하려고 공부를 그만둔 것이 할머니 평생의 한이래. 나는 할머니가 자기 아들에 대해 잘 모른다고 생각했어. 그래서 내가 말해줬지, 내가 할머니 집에서 살게 된 이유 같은 거 말이야. 갑자기 집을 팔게 된 것도 다 아빠 때문이라고 말했어. 그래서 우리가 이렇게 각자 흩어져 있는 거라고. 엄마는 식당에서 몸이 부서져라 일을 하는데 아빠는 지금 어디서 뭐하고 다니는지도 모른다고. 그랬더니 오히려 그게 다 엄마 때문이라고 하더라. 엄마를 만나서 아빠가 변했다고. 우리 엄마가 아빠 앞길을 망쳐놨다고. 나도 지지 않고 말했지. 할머니가 잘 모르는 거예요. 할머니만 아빠가 어떤 사람인지 모른다고요! 우리가 살았던 동네 사람들이 다 그렇게 말했어요. 우리 엄마가 아니었으면 아빠는 굶어 죽었을지도 모른다고요! 마침 고무 호스로 화단에 물을 주고 있던 할머니가 갑자기 방향을 틀더니 한 치의 머뭇거림도 없이 나를 향해 물을 뿌려댔어. 나는 선 채로 물벼락을 맞았지. 그 순간 내 머릿속에는 엉뚱한 단어가 떠올랐어.

우와.

왜 그런지 모르지만 그 말밖에 생각나지 않더라.

우와.

그때 나에겐 그 상황을 설명할 말이 없었기 때문이었
겠지.

할머니는 성이 차지 않는지 엄마 욕을 하기 시작했어.
에미란 년이 애한테 못된 것만 가르쳤구나! 가! 당장
네 에미한테 가라고! 그 길로 옷을 갈아입고 집을 나와
도서관에서 이 편지를 쓴다. 너희 엄마가 그러는데 우
리 엄만 지금 열심히 돈을 모으고 있대. 방 한 칸 구할
돈만 모이면 나를 데리러 온다고 했어. 내가 왜 이런 이
야기를 너에게 하는 걸까? 아무튼 그래서 나는 지금 기
분이 좋기도 하고 별로이기도 해. 그러니까 이만 쓸게.

1998년 12월의 별이 빛나는 어느 밤에
하나가 쓰고 말희에게 보낸다

분명 내가 쓴 편지인데 다른 사람이 쓴 것처럼 낯설
었다. 이후론 이렇게까지 솔직하게 내 마음을 누군가에
게 털어놓아본 적이 없었기 때문이었다. 중학교 때까지

마리   73

쓰던 일기장을 모두 버린 이후로는 글이라는 걸 써본
적도 없었다.

"뭐하러 이런 걸 갖고 다녀."

그 편지는 내게 어긋난 약속 같았다. 약속을 어긴 사
람이 되레 큰소리치듯 편지를 아무렇게나 접어서 마리
에게 건넸다.

"일부러 챙겨 가지고 온 거야. 너 보여주려고."

마리가 편지의 구겨진 부분을 손바닥으로 펼치면서
말했다.

내색하지 않았지만 그때 나는 마리의 그런 마음 씀씀
이가 고마웠다. 그런 마음과는 별개로 내가 쓴 편지를
읽어보는 일은 괴로웠다. 그 시절로부터 너무 멀리 와
버렸다는 생각이 들었기 때문이었다. 남몰래 꿈꾸던 삶
이 있었다는 사실조차 까마득히 잊었을 만큼.

"그래도 그때는, 이 편지들을 읽는 게 유일한 낙이었
어."

새삼스레 마리의 얼굴을 쳐다보았다. 언뜻 보면 예전
의 말희가 아닌 것 같지만 자세히 뜯어보면 너무도 그
옛날의 말희와 같았다.

"근데 너, 정말 프랑스 가봤어? 엄마 말대로 파리에도 가고 런던에도 가고?"

화제를 돌리고 싶어 내가 그렇게 말했다. 마리는 꿈에서 깨어난 듯 편지를 작은 상자 속에 차곡차곡 집어넣었다.

"실은 나도 큰 맘 먹고 간 거야. 허구한 날 사고 치는 엄마 뒤치닥거리만 하다가 내 인생 끝나는 거 아닌가 싶더라고. 솔직히 회사 때려치우고 나서 홧김에 간 거야. 가서는 좋았지만."

대체 어디까지가 사실인지 알 수 없는 얼굴로 마리가 말했다.

"그래도 한꺼번에 목돈을 쓰는 게 나는 좀 겁나더라. 아무리 세상 경험도 좋다지만."

"나도 그랬어. 내 인생에 무슨 얼어죽을 해외여행이냐 하고. 근데 갔다와보니 아니야. 한번 나가서 보면 세상을 보는 눈이 달라진다, 너? 돈은 다시 벌면 되지만 젊음은 돌아오지 않기도 하고."

왠지 모르게 자존심이 상해서 나는 입을 다물었다. 아마도 그런 용기조차 내지 못하는 나 자신이 초라하게 느껴졌기 때문이었을 것이다.

"처음 네 편지를 받았을 때가 생각난다. 나 완전 감격했었거든. 넌 몰랐겠지만."

어색해진 분위기를 바꿔보려는 듯 마리가 다시 활기찬 목소리로 말했다. 그 말에 나는 씁쓸한 미소를 지었다. 마리가 그렇게까지 내 편지에 큰 의미를 두고 있는 줄 알았더라면 나는 틀림없이 부담스러워서 편지 쓰기를 그만두었을 것이다.

"네 편지를 받고 나니 처음으로 내가 뭔가 중요한 사람이 된 것 같았어."

마리는 서두르지 않고 조곤조곤 말했다.

"나도 이상했어. 그건 단지 편지일 뿐인데, 무엇이 그렇게 나를 들뜨게 하는지 모르겠더라."

그때 내게 뭔가를 쓴다는 행위는 내 상황을 이해해보기 위한 절박한 몸짓에 지나지 않았다. 나는 서로를 분노에 찬 시선으로 바라보는 엄마와 아빠가 애초에 왜 결혼이라는 걸 했는지, 할머니가 어떻게 어린 나에게 '남자 후리게 생겼다'는 말을 아무렇지도 않게 할 수 있는지 알고 싶었다. 그런 이야기를 솔직하게 적어나가다

보면 나만 모르는 세상의 진실을 이해하게 될 수 있을 것 같았다. 그래서 내 편지를 받고 기뻤다는 마리의 말에 나는 부끄러웠다. 그것은 너를 위해 쓴 것이 아니었으므로.

그후 나는 엄마를 따라 다시 서울로 돌아왔다. 말희는 그 도시의 여자중학교에 입학했다고 들었다. 그리고 간간이 박말희가 전교 일 등을 했다던가 하는, 어이없는 소식을 들으며 나는 말희의 존재를 점점 잊어갔다.

처음에는 나도 극히 평범하고 밝은 성격의 아이였다. 공부도 그럭저럭 상위권에는 올랐다. 둘러보면 도저히 따라잡을 수 없을 만큼 번뜩이는 아이들이 있긴 했지만 노력하면 못 따라잡을 것도 없다는 식이었다. 쉬는 시간도 없이 밤을 새워가며 공부했다. 그렇게 노력해서 누군가를 따라잡았다 생각하는 순간 또 다른 경쟁자가 나타났다. 그 아이들은 별다른 노력을 하지 않는데도 쉽게 목표를 달성하는 것처럼 보였다. 그즈음 아빠가 다시 경마장에 드나들기 시작했다. 돈을 빼앗기지 않으려는 엄마와 돈을 빼앗아가려는 아빠와의 처절한 사투가 다시 시작되었다. 그런 일이 최소한 한 달에 대여섯 번은 반복되었다. 나는 사투의 흔적이 남아 있는 집으로 돌아가 조용히 내 방의 문을 닫고 책을 펼쳤다. 나는 극단적으로 말수가 줄었고 표정이 사라졌다. 나중에는 모든 일에 무감각한 채로 중학교를 졸업했다. 그때의 박말희가 그랬던 것처럼. 나와 같은 반이었던 아이들은 졸업사진을 보고서야 나라는 아이가 있었다는 걸 깨달았을 것이다.

결국 더 이상 빼앗을 것도 뺏길 것도 없게 되자 싸움이 종료되었다. 두 사람이 이혼서류에 도장을 찍었을 때 나는 미용고등학교 졸업반이었다. 하루빨리 그 집에서 벗어나기 위해서는 취업만이 살길이라고 생각해서 담임선생님의 만류에도 불구하고 미용 기술을 가르쳐주는 고등학교를 선택했었다. 그랬는데 이혼이라니. 평생 되풀이될 것만 같았던 두 사람의 싸움이 너무도 싱겁게 끝나버려 섭섭할 지경이었다. 그후 오랫동안 아빠는 우리를 찾아오지 않았다. 우리가 아빠를 찾지 않았듯이. 이제는 완전히 남이 되어버렸다고 생각했다.

고모로부터 아빠가 암에 걸렸다는 소식을 전해듣고 고시원에 있던 아빠를 집으로 데려온 건 엄마였다. 아빠는 순순히 따라나섰다고 한다. 짐이라고는 달랑 가방 하나뿐이었다. 가방 안에는 서너 켤레의 양말과 반소매 티셔츠 두 장, 겨울용 점퍼와 LA다저스 로고가 새겨진 야구모자가 들어 있었다. 엄마는 한밤중에 그것들을 모두 세탁기에 집어넣고 돌렸다. 그러고는 세탁기 앞에 쭈그리고 앉아 뱅글뱅글 돌아가는 아빠의 빨랫감들을 하염없이 쳐다보기만 했다. 다음날인가 그다음 날, 엄마가 가족사진을 찍으러 가자고 말했다. 나는 안방 문이 닫혀 있는 걸 확인한 뒤 엄마에게 제정신이냐고 물었다. 평생 엄마를 괴롭힌 것도 모자라 이제 간병까지 하게 생겼는데 뭐가 좋아서 사진을 찍느냐고.

그럼 자기 영정사진 찍으러 가는데 혼자 가라고 할 수 있니? 준비해야 된다는데.

엄마가 거의 들리지 않는 목소리로 속삭였다. 순간 나는 엄마를 노려봤다. 엄마는 내 시선을 피하느라 고개를 돌렸다.

그럼 진작 그렇게 말하든가.

나는 고개를 푹 숙인 채 핸드폰의 아무 버튼이나 누른 뒤 빠르게 피드를 넘기다가 거칠게 문을 닫고 내 방으로 돌아갔다. 그 후론 내내 병원의 중환자실과 집을 오가는 생활이 지속되었다. 집 안에는 늘 조용한 긴장감이 흘렀다. 계절이 다섯 번 바뀌고 고통이 아빠의 삶을 완전히 끝장낼 때까지, 우리는 서로에게 적당한 거리를 유지하며 상처주지 않으려 애썼다.

이따금 나는 궁금했다. 어디서부터 아빠의 인생이 잘못되기 시작했는지. 대체 무엇이 아빠로 하여금 비참한 꿈속을 헤매게 만들었는지 알고 싶었다. 자신을 속여가면서까지 아빠가 이루려고 했던 건 무엇이었는지. 하지만 나는 묻지 않았다. 그 무렵에는 나도, 무력감이 사람을 얼마나 훼손시키는지 알고 있었기 때문이었다.

갑자기 가슴이 답답해진 나는 침대에서 일어나 손바닥만 한 창문을 열었다. 바람 대신 거리의 소음들만 한꺼번에 쏟아져들어왔다. 잠자코 있던 마리가 다시 입을 열었다.

"그때 너한테는 빛이 났었지. 깊은 바다 속에서도 혼자서 빛을 내는 해파리처럼 말이야."

"그래도 해파리는 좀."

내 말에 마리가 피식 웃었다. 그러고는 흘러내린 앞
머리를 손으로 쓸어 넘기며 말을 이었다.

"아무튼 그때 넌 너무도 투명해서 눈에 띌 수밖에 없
는 그런 애였거든. 학교 운동장이나 강당에 전교생이
모여 있을 때도 너만은 한눈에 찾아낼 수 있을 만큼."

기분이 이상했다. 단 한 번도 누군가 나에 대해 그런
식으로 말하는 걸 들어본 적이 없기 때문이었다. 그래
서인지 마리의 말이 오히려 거짓말처럼 느껴졌다.

내게서 빛이 났었다니. 그랬을 리가.

나는 의심 가득한 눈빛으로 마리를 쳐다봤다. 마리가
미소 띤 얼굴로 나를 보며 덧붙였다.

"내가 아무리 잘 대해줘도 이상하게 내 앞에서는 살
짝 토라진 것 같은 표정을 짓던 아이들도 네 앞에만 가
면 환하게 불이 켜지는 것 같았어. 이상하다고 생각했
지. 애들이 왜 나는 싫어하면서 너하고는 친해지고 싶
어서 안달일까. 어쩌면 엄마 말대로 내가 너무 둔하고
눈치가 없는 애라서 친구들이 나를 싫어하나 보다 싶었
지. 너는 그 반대고."

나는 계속 이어지는 마리의 이야기를 잠자코 듣고만

있었다. 아무래도 마리가 기억하는 과거의 그 아이는 내가 아닌 것 같아서.

"그럴수록 네 옆에 더 있고 싶었어. 그러면 너를 비추던 빛이 내게 번져오기라도 할 것처럼 말이야. 하지만 어떤 빛은 오로지 그 사람만의 것이란 걸 알고 나서부터 어쩐지 맥이 빠지는 느낌이었어. 그건 나누어 가질 수 없는 건데 내가 욕심을 냈구나 싶더라고."

마리와 나는 잠시 가만히 앉아 있었다. 벽에 걸린 시계의 초침 소리가 크게 들렸다. 시간이 더디게 가는 것 같았다.

"줄곧 도망치고 있었던 거야 나는. 그렇게라도 다른 사람이 되어보고 싶어 발버둥쳤지만 안되는 건 안되는 거더라고."

뜻밖의 고백이었다. 나는 마리가 당당하고 눈치보지 않는다고 생각했다. 나와는 달리 사람들에게 거절당하는 것을 두려워하지 않고 먼저 다가가거나 무슨 문제가 생기면 피하지 않고 책임을 다하는 아이가 바로 마리라고 생각했다. 엄마 말마따나 마리는 '중심이 똑바로 서 있는' 아이였다. 순간 나는 마리에게 말해주고 싶었다.

도망치고 있는 사람은 바로 나라고. 하지만 그런 말을 해 버리고 나면 정말로 심란해질 것 같아 입을 다물었다.

"실은 나, 연애도 했었다?"

마리가 코끝을 살짝 찡그리며 말했다.

"엄마한테는 비밀로 해줘."

나는 마리가 말한 '엄마'가 현자 아줌마가 아닌 우리 엄마라는 것을 알았다.

"예전 사무실에서 일할 때 알게 된 사람이야. 그 당시에 프랜차이즈 커피숍을 운영하고 있어서 세금 문제로 우리 사무실에 자주 들러서 우리 사장이랑도 꽤 친했어. 사실 좋아한 건 내가 먼저였는데 차마 고백같은 건 할 엄두가 안 나더라고. 집안 좋고 학벌 좋고 키 크고 잘생긴 사람이 나같은 여자를 좋아할까 싶었지."

"그런 걸 따지는 놈이면 안 만나는 게 맞지."

"맞아."

마리가 말했다.

"근데 그 사람은 안 그랬어. 그래서 더 좋아했고. 한 일 년 넘게 만났나?"

마리가 시간을 헤아려보려는 듯 고개를 살짝 기울

였다.

"왜 헤어졌는데?"

"잘 모르겠어. 아마도 내 마음이 변한 거겠지. 그렇다고 싫은 건 아니었는데……. 그냥 내가 이 사람을 정말로 사랑하는지도 잘 모르겠고."

나는 가만히 고개를 끄덕였다. 마리는 그런 나를 보고 피식 웃더니 어깨를 으쓱했다.

"사실 진짜 이유는 따로 있어."

내친김에 다 말해버리겠다는 듯 마리가 조용히 숨을 골랐다.

"결혼한 사람이더라고. 별거 중이긴 했지만……. 어느 날 점심 먹으려고 동료들과 함께 사무실 문을 나서는데 눈앞이 번쩍하더라. 어떤 여자가 내 뺨을 때렸어. 눈물이 날 만큼 아프더라. 나랑 팔짱을 끼고 있던 동기가 슬그머니 팔을 빼고는 소리도 없이 저희들끼리 계단을 내려갔어. 창피해 죽을 것 같더라고. 그 여자는 내일 또 오겠다고 말하고는 가버렸어. 그러고는 정말로 다음 날 또 왔어. 와서는 또 내 뺨을 때렸고."

나도 모르게 옅은 한숨이 새어나왔다.

"근데 참 이상하지. 나는 차라리 잘됐다고 생각했어. 그런 식으로라도 끝나지 않았더라면……. 나는 그 관계를 어떻게 정리해야 할지 몰랐어. 좀…… 무서웠던 것 같아. 근데 그 여자 덕분에 이유도 생겼고. 떼어내느라 아주 혼났다니까."

마리는 생각하기 싫다는 듯 고개를 절레절레 흔들었다. 나는 마리에게 잠시 기다리라고 말한 다음 냉장고에서 캔맥주를 꺼내왔다. 마리는 잠시 망설이다 뚜껑을 따서 한 모금 마신 뒤 눈을 가늘게 떴다. 그러고는 양손으로 붙잡은 캔을 무릎 위에 올려놓고 나를 보았다. 그러곤 뜬금없이 "너도 말해봐. 대체 상준 씨랑 어떤 사이야?" 하고 물었다. 나는 웬 생뚱맞은 소리냐는 듯 눈을 크게 떴다.

"그냥 친구라고 했잖아. 걔한테는 아무 감정이 없어, 난."

"두 사람 만나서 영화도 보고 술집에도 가고, 또 가끔 상준 씨네 집에도 가고 그런다면서. 그게 데이트가 아니고 뭔데?"

"서로 잘 보이려고 노력할 필요 없이 편하니까, 그래

서 자꾸 만나게 되는 것 같아. 내가 걔 연애 상담 해준 것만도 여럿이야."

그때는 그게 맞다고 생각했다. 상준과 나는 감정에 관한 한 서로에게 빚진 것 없이 깨끗하다고. 그 애는 그냥 동창일 뿐이라고.

"그래? 난 두 사람 꽤나 깊은 사인 줄 알았는데."

마리가 묘하게 눈을 반짝이며 물었다. 나는 재차 확인시켜주려고 확실히 고개를 끄덕거렸다.

"난 상준 씨 매력 있던데. 나름 귀엽고."

상준이 귀엽다는 말에 나는 어이가 없어 웃고 말았다. 상준이 화제에 오르자 내친김에 고등학교 때 이야기를 하게 되었다.

처음 등교하던 날 웬 남학생이 교문 앞에 서 있어서 이상하다고 생각했는데 그 남학생이 한참을 머뭇거리다 빠른 걸음으로 교정을 걸어가더란 이야기를 하자 마리가 손뼉을 치며 웃었다. 여학생이 압도적으로 많았던 그 학교에서 그 애는 줄곧 여자들의 오만 관심과 애정 속에서 어쩔 줄 몰라 했고 그때마다 시무룩한 얼굴로 내게 와서는 자기를 대신할 남자가 한 명만 더 있었으면 좋겠다고 말하곤 했다.

"그런데 상준 씨는 지금 다른 일을 하고 있지 않아?"

마리가 호기심 어린 얼굴로 그렇게 물었다. 나는 남은 맥주를 마저 마시고 나서 빈 깡통을 그대로 들고 있었다.

"응, 아무래도 미용 일은 자기랑 안 맞는 것 같다며 진작 포기했어. 지금 직장에 다닌 지는 얼마 되지 않았어. 문구 회사의 마케팅 부서에 있는데 꽤 힘든가보더라. 그전에 이런저런 아르바이트로 연명하던 중에 상준을 예쁘게 본 편의점 사장님이 소개해준 곳이라는데, 썩 마음에 들지는 않는 눈치야. 그래도 어쩌겠어. 거기 아니면 더 이상 갈 데도 없는데. 그러고 보니, 우리도 이제 곧 서른이네."

"언제 한번 집으로 데리고 와. 내가 맛있는 거 해줄게. 네 친구면 내 친구도 되는 거니까."

마리의 마음 씀씀이가 고마워서 나는 그러겠다고 대답했다. 우리는 침대에 나란히 누워 스포티파이를 재생시켰다. "모임이 길어지나보네…… 이런 적이 별로 없었는데" 하고 내가 걱정하자 마리가 "엄마도 사생활이 있잖아"라고 대꾸했다.

"너 연애 시작하면…… 그때는 꼭 내게 먼저 말해줘
야 돼."

꿈결처럼 아득한 목소리로 마리가 말했다. 알코올 탓
인지 자꾸만 눈이 감겼고 그렇게 우리는 각자의 꿈속으
로 빠져들었다.

6

엄마는 일주일에 두 번 나가는 요가학원에 등록했다.
마리가 권유했고 내가 등을 떠밀어서 간신히 시작한 운
동이었다. 마리와 나의 강요로 두어 번 다녀보더니 싫
지 않았는지 꾸준히 빠지지 않고 다녔다. 마리는 몸에
딱 붙는 화려한 색깔의 요가복 한 벌을 엄마에게 선물
했다. 처음 받아보는 선물에 엄마는 함박웃음을 지었
다. 아무것도 준비하지 못한 나는 그 옆에 멀뚱히 서 있
기만 했다. 딸이라고 하나 있는 것이 살뜰히 챙겨주지
못했다는 죄책감이 들었지만 마리가 챙겼으니 됐다 싶

었다. 마리는 다른 사람들을 챙기고 보살피는 게 습관이 된 사람처럼 적절한 때에 적절한 행동을 해서 엄마를 감동시켰다. 엄마는 매주 화요일과 목요일 아침에 마리가 사다준 스포츠백을 들고 집을 나섰다. 돌아올 땐 늘 경수 아저씨네 가게에서 산 빵을 한 봉지씩 들고 왔다.

그 무렵에는 내가 아무리 떠들어도 도저히 메워지지 않던 빈 공간이, 마리로 인해 채워지고 있다는 느낌이었다. 과정이야 어떻든 간에, 마리가 우리 집에 와서 함께 살게 된 것이 엄마에게는 잘된 일이었는지도 모른다고 나는 생각했다. 그렇게 알게 모르게 나는 마리에게 마음을 열고 있었다.

그런 방심이 오해를 불러일으켰던가, 하고 나는 지금 와서야 생각해본다. 하지만 다시 그때로 돌아간다고 해도 나는 몰랐을 것이다. 내가 얼마나 용기가 부족한 사람이었는지를.

마리가 숍에 온 것은 토요일 오후였다. 그날은 예약

된 손님이 밀려 있어 한시도 앉을 새가 없었다. 힐을 신은 두 발이 퉁퉁 부어올라 신발이 꽉 조였다. 네 시쯤엔가 "실장님, 손님 오셨어요" 하는 소리에 뒤돌아보니 밖이 보이는 길쭉한 테이블에 앉아 있던 마리가 손을 흔들었다. 나는 간단히 눈인사하고 다시 펌을 말기 시작했다. 간간이 거울에 되비친 마리의 모습을 보면서, 로드에 머리카락을 말아 위로 올린 다음 고무줄로 고정시키는 일을 반복했다. 어린 인턴 하나가 마리에게 오렌지 주스를 갖다주는 게 거울로 보였다. 마리는 주스를 한 모금 마신 다음 턱을 괴고 앉아 창밖 풍경을 바라보는 데 열중했다. 간혹 고개를 돌려 내가 일하는 모습을 주의 깊게 바라보기도 했다.

"어쩐 일이야, 이 시간에?"

펌을 다 말고 인턴에게 열처리를 맡긴 뒤에 마리에게 갔다. "면접 보고 오는 길이야." 마리는 오렌지 주스를 한 모금 마신 뒤에 희미하게 웃었다.

"연락 왔었어? 가까운 곳이면 좋겠다." 마침 옆을 지나가던 인턴에게 비닐 앞치마를 벗어 건네며 내가 말했다.

"근데 안 될 것 같아. 자꾸만 나이를 묻더라고. 지금까지 뭐 했냐면서."

평소와 달리 의기소침해 있는 마리의 얼굴을 보니 마음이 편치 않았다.

"정말 불쾌해. 그 사람들이 나 나이 먹는 데 뭐 보태준 거 있냐고."

그동안은 의식하지 않고 있었는데 마리의 얘기를 듣고 나니 우리가 더 이상 어리지 않다는 사실이 새삼스럽게 다가왔다.

"너무 조급할 것 없어. 이번에 안 되면 천천히 다시 찾아보면 되지 뭐. 이왕 나온 거 이따 저녁 때 맛있는 거나 먹자."

그렇게 말한 뒤 뒤를 돌아보자마자 원장과 눈이 마주쳤다. 아무래도 업무 시간에 잡담을 하고 있는 내 모습이 거슬린다는 뜻이겠지. 나는 마리에게 앉아서 기다리라고 말한 다음 고객에게 돌아갔다. 열처리가 끝난 손님의 머리 상태를 확인한 뒤 인턴에게 샴푸를 맡기고 옆 자리에서 대기 중이던 고객의 헤어 손상도를 설명하기 위해 거울을 봤다. 그때 마리가 입고 있는 원피스가 눈에 들어왔다. 등 쪽에 지퍼가 달린 검정색 원피스였다. 장식 없이 심플한 것을 좋아하는 내 취향을 고려해서 상준이 지난 생일 선물로 사준 옷이었다. 백화점에서 입어볼 때는 잘 맞았는데 막상 집에 와서 입어보니 너무 꽉 끼어서, 살이 빠지면 입으려고 옷장에 걸어두기만 했던, 내 옷. 순간적으로 나는 얼굴을 붉혔다. 거울에 비친 마리의 모습을 유심히 살펴보았다. 마치 제옷인 양 썩 잘 어울렸다. 그냥 어울리기만 한 게 아니라, 내가 입었을 때보다도 훨씬 더 스타일이 돋보였다. 나는 부러운 시선으로 마리 몸의 윤곽을 눈으로 훑었다.

"겨우 끝났네."

숍을 나오자마자 마리는 내 팔짱을 꼈다.

"오늘은 내가 쏠게."

그 말에 마리의 표정이 밝아지는 걸 보니 그동안 내가 마리에게 너무 인색하게 굴었다는 생각이 들었다. 우리는 지하철을 타려고 계단을 내려갔다. 마리가 입고 있는 원피스에 자꾸만 시선이 머무는 바람에 일부러라도 고개를 돌려 지하상가에 전시된 옷이나 핸드폰 부품

들을 구경하는 척했다. 사실 크게 이해 못할 일은 아니었다. 평소에 옷차림에 크게 신경 쓰는 편이 아니다 보니 마땅히 입을 옷이 없었을 것이다. 그래서 잠깐만 빌려 입자고 생각했을 것이다. 그러다 갑자기 내게 약속이 있었다는 것을 깨달았다. 갑자기 마리가 숍까지 찾아오는 바람에 까맣게 잊고 있었던 것이다.

"어쩌지…… 실은 오늘 상준이랑 저녁 먹기로 했는데."

나는 어떻게 해야 하나 싶어 마리 얼굴만 멀뚱히 쳐다봤다.

"그럼 같이 먹으면 되겠네." 마리가 가볍게 말했다. "괜찮겠어?" 마리는 상관없다는 듯 고개를 흔들었다. "내가 말했지. 네 친구는 내 친구도 된다고." 다행히 마리가 크게 개의치 않는 눈치여서 마음이 놓였다.

그렇게 해서 우리 세 사람은 함께 저녁을 먹게 되었다. 상준에게는 마리와 함께 있다고 미리 말해둔 터였다. 우리는 서점 근처의 작은 레스토랑에 먼저 들어가 자리를 잡고 앉았다. 상준이 오려면 삼십 분 정도 더 기다려야 했다. 그곳은 상준과 내가 가끔 들르는 곳으로,

식사하면서 간단히 생맥주도 마실 수 있었다. 음식 맛도 나쁘지 않고 양도 적당하다. 게다가 가격도 그리 비싼 편이 아니어서 상준과 나는 종종 이곳에 와 시간을 보내곤 했다.

마리와 나는 마주 보고 앉았다. 나는 직감적으로 마리가 사람들의 시선을 끈다는 걸 알아차렸다. 단지 원피스 하나만 입었을 뿐인데, 마리는 단정하게 아름다웠다. 집 안에서 볼 때와는 전혀 다른 얼굴 같았다. 나는 괜스레 질투가 나서 차가운 물로 목을 축였다.

"배고픈데 우리 먼저 시켜 먹을까?"

차가 막혀 조금 늦어진다는 상준의 문자를 보고 난 뒤에 내가 말했다. 레스토랑의 내부 인테리어를 구경하고 있던 마리가 좀 더 기다렸다가 같이 주문하자고 말했다. 나는 하필이면 이런 때에 상준이 늦게 오는 것이 못마땅했다.

"이 집 분위기 참 좋네."

마리가 눈을 게슴츠레 뜨며 물었다. 장난기 어린 얼굴이었다. 나는 싱겁게 웃으며 "좋기는 무슨" 하고 대수롭지 않게 대답했다.

그러고 있자니 자꾸만 목이 타서 생맥주를 한 잔 주문했다. 마리는 나중에 먹겠다고 사양했다. 나는 발이 너무 아파서 에라, 모르겠다는 심정으로 구두를 벗어버렸다. 그러곤 구두 위에 맨발을 올려놓았다. 좁은 구두 속에 구겨져 있던 발가락 끝에 피가 도는 듯했다. 주문한 맥주가 나올 때까지 딱히 생각하는 것도 없이 내 오른손을 한참이나 바라보았다. 독한 파마약 때문에 손끝 피부가 트고 갈라져 있었다. 마리는 흘러나오는 음악에 귀를 기울이고 있는지 조용했다.

상준이 도착한 것은, 내가 주문한 맥주를 반쯤 마셨을 때였다. 나는 두 사람이 서로 인사할 수 있게 기다린 다음 웨이터를 불렀다. 각자 원하는 음식을 주문한 뒤에는 잠시 어색한 침묵이 흘렀다. 하지만 그것도 잠시였다. 곧 마리 특유의 쾌활함이 어색한 분위기를 누그러뜨렸다.

토요일 저녁이라 그런지 실내는 평소보다 떠들썩했다. 우리는 이런저런 얘기를 주고받으며 식사를 끝마쳤다. 이야기의 주도권은 마리가 쥐고 있었다. 상준은 마리의 이야기를 주의 깊게 듣고 있다가 웃어야 할 때를 놓치지 않고 웃어주었다. 가끔 자신도 모르게 큰 소리로 웃기도 했다. 상준이 손으로 입을 막고 웃음을 참는 모습을 보며, 나와 함께 있을 때 언제 저렇게 웃었던가, 생각해보았다. 이상하게 기분이 점점 가라앉았다. 식사 뒤에 따로 주문한 맥주잔을 들어 연거푸 두어 모금을 마시면서 웃고 떠드는 상준과 마리를 가만히 지켜보고만 있었다.

"정말로 죽을 뻔했어요?"

"그렇다니까요. 아침 굶지 말라고 엄마가 입에 넣어준 떡인데, 그게 여기 턱 하니 막혀서 내려가지 않지 뭐예요."

마리는 손으로 명치끝을 가리키고 난 뒤에 혀를 쑥 내밀고는 자신이 죽는 시늉을 했다. 그걸 보고 상준은 또 웃음을 터뜨렸다.

"그래서 전 지금도 떡이라면 노 땡큐예요. 특히 찹쌀떡은."

"아, 나도 떡은 싫은데. 목이 막혀서요."

"오, 이런. 그러고 보니 우리 두 사람 닮은 점이 많은 것 같아요."

마리는 마시던 맥주잔을 내려놓고 그렇게 말했다. 상준이 정말 그렇다며 맞장구를 쳤다.

"어, 근데 그 원피스……."

상준이 은근 서운하다는 듯 나를 힐끔 쳐다봤지만 못 본 척했다.

"참, 깜박했네. 미리 말한다는 게……." 마리는 그제 야 나를 보고 멋쩍은 웃음을 지었다.

"며칠 전 이력서를 보냈는데 갑자기 면접을 보라지 뭐 예요. 그래서 부랴부랴 준비하고 나가려는데, 입을 옷이 없어서 하나 옷을 빌려 입었어요. 미리 허락을 구했어야 하는데 시간이 너무 촉박해서……. 미안, 괜찮지?"

상준과 나에게 동시에 말하느라 고개를 좌우로 흔들 며 마리가 말했다. 남의 옷을 빌려 입은 사람치고는 좀 지나치게 태연한 게 아닌가, 하는 생각이 들었지만 나 는 상관없다는 듯 어깨를 으쓱거렸다. 그러고는 "어차 피 내겐 맞지 않아서 입지도 못하는 옷인데, 뭘" 하고 말했다.

"잘 어울려요, 마리 씨 옷처럼" 하고 상준이 말했고 "아, 고마워요"라고 마리가 수줍은 미소를 지었다.

사람이 그렇게 눈치가 없나. 그냥 모른 척해도 될 일을 굳이 아는 척해서 모두를 난처하게 만드는 상준을 이해할 수 없었다.

얼마쯤 시간이 지났을까. 실내를 가득 채우고 있던 사람들도 거의 다 빠져나갔을 때쯤 우리는 마지막 잔을 비우고 자리에서 일어났다. 내가 계산을 하려고 카운터로 걸어가는 동안에도 두 사람은 무슨 말인가를 끊임없이 주고받았다.

"저기, 너한테 따로 할 말이 있는데……."

바깥으로 나오자 상준이 내게 얼굴을 들이밀고 살짝 속삭였다. 마리는 레스토랑의 처마 밑에 서서 두 손을 앞으로 모은 채 지나가는 사람들을 구경하고 있었다.

"나중에 하면 안 될까? 나 오늘 되게 피곤한데."

내가 들어도 짜증이 묻어나는 목소리였다. 당황한 상준이 "그래, 그럼……" 하고 등을 돌리자 갑자기 마음이 변한 나는 상준을 붙잡았다. 상준을 기다리게 한 다음에 마리에게 다가갔다. 마리는 흔쾌히 그러라고 했다. 자기는 혼자서 생각할 것도 있고 하니 천천히 오라면서 어서 상준에게 가보라고 손짓했다.

우리는 눈에 보이는 가장 가까운 카페로 들어갔다.
피아노 선율이 적당한 볼륨으로 흐르고 있고, 조명이
어두운 곳이었다. 창가 자리에 앉자마자 아메리카노를
두 잔 시키고 나서 상준은 바깥으로 시선을 향했다. 아
까 보았던 상준의 낯선 모습이 내내 떠올라서 나는 그
냥 가만히 앉아 있었다. 상준은 뜨거운 커피를 한 모금
마시고 나서 창밖 풍경을 바라보았다. 나는 두 손으로
커피 잔을 맞잡고 상준을 빤히 쳐다봤다.

"뭐야 할 말이 있다더니."

상준이 입을 굳게 다문 채 나를 빤히 쳐다봤다. 마리
와 함께 있을 때와는 달리 표정이 경직되어 있었다.

"아까 마리 때문에 불편하지 않았어?"

나는 은근히 떠보는 듯한 목소리로 그렇게 물었다.

"아니, 별로."

"하긴 처음 만났는데도 둘이 잘 통하는 것 같더라."

나는 내 속마음을 들킬까봐 상준과 눈을 마주치지 않
으려고 애썼다. 내 속마음이 뭔지 잘 모르면서도 그랬다.

"예상과 달라서 놀라긴 했어. 성격이 되게 밝은 것 같
아. 구김도 없고."

"응. 그게 마리의 장점인 것 같아. 그 애는 아무리 힘든 일이 있어도 우리 앞에서 얼굴을 찡그려본 적이 없어."

그제야 나는 마리가 얼마나 많은 감정들을 감추고 있을지 깨달았다. 성격이 그냥 밝은가보다 생각했을 뿐 그렇게 보이기 위해 노력한다는 생각은 해본 적이 없었던 것이다.

"분위기 띄우려고 애쓰는 게 보여서 좀 안타깝기도 했고."

그러니까 네 눈에는 마리가 애쓰고 있는 게 보였다는 거구나. 처음 만나 이야기를 나눴는데도.

"정식으로 한번 만나볼래? 내가 다리를 놔줄게."

그 순간 내가 왜 그랬는지 모른다. 마음 깊은 곳에서 뭔가가 자꾸만 어긋나고 틀어지면서 말이 제멋대로 튀어나가는 느낌이었다.

아까부터 자꾸만 물을 들이켜던 상준이 천천히 컵을 내려놓았다. 그러고는 시선을 아래로 내리깐 채 한참을 움직이지 않았다.

"하나야 너는……."

마침내 상준이 입을 열었다.

"싫으면 말고."

재빨리 그의 말을 잘랐다.

나는 두려웠다. 그 두려운 마음을 누르기 위해 마음에도 없는 소리를 하며 나와 상준을 동시에 시험하고 있었다. 그의 진심을 알고 싶은 마음과 모르고 싶은 마음이 상준으로부터 자꾸만 뒷걸음질 치게 만들었다. 나 자신으로부터도.

그 후로 한동안 침묵이 이어졌다. 상준은 뭔가 할 말을 고르느라 골똘히 생각에 잠겨 있는 것 같다가도 이내 그 생각을 털어버리려는 듯 긴 한숨을 내쉬었다. 그걸 보며 나는 생각했다. 그러니까 나는 내 앞에 앉아 있는 사람을 침묵하게 만드는 사람이라고. 그게 마리와 나의 다른 점일 것이라고.

어느새 거리에는 짙은 어둠이 내려앉아 있었다. 상준과 나는 동시에 창밖으로 고개를 돌렸다. 새까만 창유리에 두 사람의 얼굴이 비쳤다. 마주 볼 용기가 없는 두 사람이 유리창에 비친 서로의 얼굴을 힐끔거리는 사이, 밤이 더욱 깊어지고 있었다.

7

그날 이후 나는 자주 옷장을 열었다. 다려놓은 셔츠에 구김은 없는지, 얼룩이 묻어 있지는 않은지, 내가 걸어둔 방향으로 옷이 잘 걸려 있는지 확인해야 마음이 놓였다. 아끼느라 입지 않고 걸어둔 블라우스와 재킷에서 간혹 희미한 담배 냄새가 나는 것도 같았다. 어쩌면 오해인지도 모르지만 틀림없이 누군가 입고 걸어둔 흔적 같은 게 남아 있다고 생각했다.

옷뿐만이 아니었다. 가만 생각해보면 내가 참아내야 할 게 한두 가지가 아니었다. 샴푸와 컨디셔너는 보름을 넘기지 못했고, 화장품도 빨리 닳았다. 밤에 잠 안 올 때 데워먹으려고 사다둔 우유가 사라지는 건 다반사였다. 내가 조용히 책을 읽고 싶을 때 마리는 큰 소리로 음악을 들었다. 바쁜 아침에 화장실을 너무 오래 썼고, 중국요리를 배달시켜 먹을 때 자신은 먹지 않겠다고 해놓고 막상 요리가 도착하면 슬그머니 젓가락을 들이밀었다. 더운 여름에 그 긴 머리카락을 풀어놓고 있는 것도 답답해 보였고 엄마에게 너무 허물없이 대하는 것도 거슬렸다. 내가 퇴근 후에 좀 쉬려고 해도, 누워 있던 침대에서 비켜주지 않고 제 할 일을 할 때가 많았다. 두 사람이 동시에 외출할 일이 있어 화장대를 써야 할 때조차 마리가 의자에 앉고 나는 그 뒤에 엉거주춤 서서 눈썹을 그리고 립스틱을 바르는 식이었다. 나는 나와 다른 존재를 견딘다는 것이 결코 쉬운 일이 아님을 깨달았다.

그러다가도 막상 마리의 웃는 얼굴을 보면 불편했던 마음이 누그러지고 오히려 죄책감만 남았다. 우연이겠지만 그때마다 마리는 내 기분을 맞춰주려고 무척 애를 썼다. 내가 밥 말고 다른 것이 먹고 싶다고 하면 냉장고에 있는 재료만으로 샌드위치나 김밥 같은 걸 뚝딱 만들어서 내 앞에 내밀었다. 엄마가 사다 놓고 귀찮아서 내버려두었던 야채들로 월남쌈을 만들기도 했고 수박과 프루트 칵테일을 섞은 화채를 내어놓기도 했다. 건조가 끝난 내 빨래를 개어서 차곡차곡 옷장에 쌓아놓거나 기분 좋은 향이 나는 디퓨저를 침대 맡에 올려놓을 때는 혹시라도 내가 부담을 느낄까봐 자신이 좋아서 그 모든 일을 한다는 식으로 말하곤 했다.

그런 마리가, 며칠째 집에 들어오지 않았다. 어느 날 아침 일어나보니 이불이 말끔히 개어져 있고, 마리가 집에서 입던 헐렁한 옷가지들이 마치 벗겨진 허물처럼 사람이 빠져나간 모양 그대로 바닥에 놓여 있었다. 엄마에게 물어보니 처음 집에 왔을 때 입었던 옷차림 그대로 나갔다고 했다.

"그러게, 무슨 급한 일이 있나······. 이따 너한테 전화하겠다면서 그냥 뛰쳐나가더라."

마리가 온 뒤로 부엌일은 거의 뒷전이었던 엄마가 찌개를 끓이려고 냄비에 물을 부었다. 나는 모처럼 엄마가 끓여준 된장찌개에 밥을 먹고 집을 나왔다. 가을이 오려는지 드러난 맨살에 소름이 돋았다.

그렇게 하루가 가고 또 하루가 갔다. 전화하겠다던 마리에게서는 한 통의 문자도 없었다. 나는 마리가 없는 방에 누워 내가 너무 눈치를 주었나, 하고 후회로 뒤덮인 밤을 보냈다. 아무리 티를 내지 않으려고 해도 눈치챘을 것이다. 화장실 문을 열고 나올 때, 짜장면을 먹다가 갑자기 그만 먹겠다며 젓가락을 내려놓을 때, 책을 소리 나게 탁 덮을 때 알았을 것이다. 내가 자신에게 짜증내고 있다는 것을. 그래서 한사코 가지 않겠다는 영화를 보러 가자고 했고, 마사지를 해주었고, 밤에 야식을 만들어주었을 것이다.

······내가 왜 그랬을까. 조금만 참으면 될 것을. 생각을 조금 달리하면 그리 얼굴 붉힐 일도 아니었는데 왜 그랬을까. 서로 눈치보며 행동을 조심하는 것보다 마음을 열어놓고 각자의 방식대로 편안하게 생활하는 편이 훨씬 자연스러운 게 아닌가. 만일 마리가 사사건건 내 눈치를 보고, 화장실을 쓸 때마다 허락을 구한다면 불편한 건 마리가 아니라 바로 나일 것 같았다.

이런저런 후회와 걱정으로 며칠 동안 잠을 설쳤다. 마리가 다시 돌아온 건 금요일 저녁이었다. 마리는 초췌한 얼굴로 방으로 들어가더니 옷을 갈아입고 쓰러지듯 내 침대에 누웠다. 걱정했던 마음만큼 화가 나서, 어떻게 된 거냐고 물었다. 마리는 몹시 미안하게 되었다는 듯 간신히 옅은 웃음을 지어 보였다.

"미안. 걱정했지."

벌써 반쯤 잠이 든 상태였다. 내가 대체 무슨 일이 있었던 거냐고 묻자, "조금만 자고 일어나서 다 말해줄게." 하고는 완전히 잠에 빠져들었다.

마리가 깨어난 건 토요일 저녁이었다. 그렇게 오랫동안 잠을 잘 수 있다니 놀라웠다. 마치 혼수상태에 빠진 사람 같아서 나는 문득 마리를 흔들어 깨워보곤 했다. 그때마다 마리는 몸을 뒤척이며 신음 같은 것을 낮게 내뱉고는 다시 잠들었다.

"그 사람을 만났어"

숨을 훅 들이마셨다가 조금씩 천천히 내뱉었다. 심장 박동이 빨라졌다. 동네 조그만 카페 안에는 혼자서 노트북을 열어놓고 일하는 사람이 있었고, 등산복 차림의 중년 여성 세 명이 머그잔을 앞에 둔 채 수다에 열중하고 있었다. 마리는 잔을 들어 뜨거운 커피를 한 모금 마시더니 얕은 숨을 뱉었다.

"이혼했다고 하더라. 나한테 당당해지고 싶었대."

마리는 시선을 창밖으로 향했다가 다시 고개를 숙여 커피잔을 유심히 들여다봤다. 마치 거기에 중요한 메시지라도 떠 있는 것 같았다.

"어떻게 알았는지 나한테 DM을 보냈더라고. 안 그러면 여기까지 찾아오겠다고 해서 할 수 없이 나갔어."

나는 홍차를 한 모금 마신 뒤에 그다음 말을 기다렸다.

"그 이후의 일은 별로 말하고 싶지 않다, 하나야. 그냥 내가 재수가 없었던 거야."

말하는 사람은 마리인데 내 손이 부들부들 떨렸다. 마리는 오히려 깊이 가라앉은 목소리로 침착하게 말하고 있었다.

"갇혀 있었니?"

마리가 고개를 흔들었다. 그리고 희미하게 미소 지었다. 너는 이 상황에도 웃음이 나오는구나. 나는 마리를 빤히 쳐다보며 그렇게 생각했다.

"경찰에 신고하겠다고 했더니 무릎 꿇고 싹싹 빌더라. 알고 보면 형편없는 겁쟁이야. 잃을 게 많으니까."

"나쁜 자식."

"애초에 그런 사람을 만나는 게 아니었어. 하지만 처음부터 그런 사람인 줄 누가 알겠니?"

마치 내게 동의를 구하듯 마리가 나를 쳐다봤다. 하지만 나는 그 순간 마리에게 화가 났다.

왜 그랬을까? 분명 잘못한 건 그 남자인데 왜 나는 마리에게 화가 났을까?

"난 누가 조금만 잘해줘도 그냥 내 속을 다 보여줘버려. 그것 때문에 늘 상처받으면서도 매번 그래. 그냥 사람들이 나를 조금만 좋아해줬으면 하는 마음뿐인데 돌아오는 건 늘 이런 모욕과 멸시밖에 없어. 나 정말 바보 같지 하나야."

나는 아무 말도 하지 않았다. 그냥 운이 나빴던 거라고, 네 잘못이 아니라고 말하지 않았다. 그건 명백한 폭력이고 폭력을 휘두른 사람은 벌을 받아 마땅하다는 말도 하지 않았다.

그때 나는 나와는 상관없는 복잡한 일에 엮이고 싶지 않았다. 감당 못할 일에 뛰어들어 내 일상이 흔들리는 것은 싫었다. 그런 마음으로 하는 위로가 무슨 소용이 있나 싶어 입을 다물었다.

"엄마한테는 그냥 친구 집에 다녀왔다고 말했어. 오랜만에 연락이 닿아서 며칠 함께 보냈다고."

내 미지근한 반응에 무안했던지 마리는 겨우 그렇게 말했다. 그제야 나는 가만히 고개를 끄덕였다.

"어찌 됐든 이제는 다 끝났어. 완전히."

마리가 애써 숨을 가라앉히는 게 느껴졌다.

"그래도 잘 해결돼서 다행이야."

다 식은 홍차를 마시며 나는 그렇게 말했다.

별다른 일 없이 며칠이 흘렀다. 마리는 그런 일을 겪은 사람 같지 않게 훨씬 더 밝고 쾌활한 모습으로 웃고 떠들었다. 여전히 내 화장품을 덜어 쓰고, 화장실을 너무 오래 썼으며, 내가 먹으려고 사두었던 요플레로 팩을 해버리곤 했지만, 마리가 그런 식으로라도 서서히 회복되어가는 걸 바라보는 게 조금은 안심이 됐다. 그

며칠 동안 마리는 이력서를 다섯 통 보냈고, 새 옷도 한 벌 샀다. 어떤 때는 묵은 때를 벗겨야 한다며 집 안을 발칵 뒤집어놓고 뒷감당을 못해 멍하니 앉아 있기도 했다. 엄마와 나는 마리를 도와 집 안 구석구석을 쓸고 닦으며 쓸데없는 농담들을 주고받았다. 문득 그 남자가 우리 집으로 찾아오면 어쩌나 하는 생각이 들었지만 그럴 일은 없을 거라던 마리의 말을 믿었다.

상준에게서는 요 며칠 동안 전화 한 통 없었다. 나는 그에게 전화가 올 때까지 내가 먼저 연락하지 말자고 다짐했다. 나는 점심으로 토스트를 먹은 뒤에 뜨거운 커피를 내려 마시며 창밖 풍경을 바라보고 있었다. 어린 인턴들은 삼삼오오 짝을 지어 점심을 먹으러 나가고, 원장은 예약 고객의 명단을 카운터 위에 펼쳐둔 채, 일일이 전화를 걸어 시간을 체크하고 있었다. 그는 최근 앞 건물에 새로 입점한 프랜차이즈 미용실 때문에 고객이 반이나 줄었다며 울상이었다. 내 단골 고객도 몇 명이나 빠져나갔다. 고객을 유치하려고 각종 할인행사를 내걸어도 한번 빠져나간 고객의 발길을 되돌릴 수는 없었다. 눈치 빠른 디자이너들 몇은 이미 다른 곳으로 빠져나갈 궁리를 하고 있었다. 하지만 나는 아니었다. 변화를 두려워하는 나는 그럴 능력도 없거니와, 누군가 밀어내지만 않는다면 언제까지고 한곳에 붙박인 채로 오래 있고 싶었다. 어쩌면 그런 고지식함이 지금까지 나를 버티게 했는지도 모른다. 나와 함께 이 일을 시작한 동기들이 중도에 포기하고 모두 떨어져나갔을 때도, 나는 묵묵히 인턴 생활을 견디며 숍의 잔심부름을 도맡아 했다. 단지 변화가 두려웠던 탓에 개념 없는 몇몇 고객들의 무시와 냉대를 수없이 받으면서도 다른 곳으로 도망치지 않고 여태 이렇게 남아 있을 수 있었던 것이다.

비가 오려는지 주위가 갑자기 어두침침해졌다. 늦은 점심을 먹으려는 사무원들이 맞은편 건물에서 무리 지어 쏟아져나왔다. 하얀 셔츠를 입고 신분증을 목에 건 사람들 사이로 언뜻 아는 얼굴을 본 것 같았다. 나는 코끝이 닿을 만큼 유리창에 얼굴을 갖다댔다. 한눈에 봐도 엄마였다. 화사하게 차려입은 엄마는 건물의 회전문 앞에 잠시 서 있더니 가방을 열고 거울을 꺼냈다. 한참이나 거울을 들여다보다가 파운데이션을 조금 덧바르고 난 뒤 회전문을 밀고 안으로 들어갔다. 아마도 건물 안 카페나 식당에서 친구를 만나기로 한 모양이었다. 내려가서 알은체를 해볼까, 하다 귀찮은 생각이 들어 그만두었다. 마침 예약 손님 도착해서 엄마의 존재는 까맣게 잊어버렸다.

8

깊이 잠든 마리를 남겨두고 침대에서 빠져나왔다. 아무래도 잠이 올 것 같지 않았다. 어둠 속에서 벽을 더듬어 간신히 문손잡이를 찾아냈다. 문을 열자 푸른빛들이 와락 달려들었다. 쏘는 듯한 빛에 눈을 감았다. 다시 눈을 뜨고 보니 불 꺼진 거실의 텔레비전에서 나오는 빛이었다. 매순간 바뀌는 장면 탓인지 빛은 현란하고 다채로웠다. 음소거가 된 채 화면만 켜진 상태였다. 텔레비전을 끄려고 조용히 거실을 가로지르는데 등 뒤에서 기척이 느껴졌다. 주방의 보조등을 켠 채, 엄마 혼자 식탁 의자에 앉아 있었다.

"안 자고 뭐해?"

나보다 더 놀란 엄마가 포크를 입에 문 채 눈을 동그랗게 떴다.

"아이고, 다 잠든 줄 알았네, 난."

입술에 하얀 크림이 묻은 줄도 모르고 엄마가 말했다. 나는 놀란 가슴을 쓸어내리며 불빛 아래 드러난 엄마의 가라앉은 눈을 바라보았다. 빛에 의해 시시각각 변하는 엄마의 얼굴이 점점 환해지더니 "너도 먹을래?" 하고 말했다. 나는 고개를 흔들고 냉장고에서 캔맥주를 하나 꺼내 엄마 앞에 앉았다.

"다이어트한다고 요즘엔 안 먹더니…… 무슨 일 있어?"

엄마가 고개를 절레절레 저었다. 그러고는 포크로 케이크를 떠서 한입에 넣고 우물거렸다. 시선은 소리도 들리지 않는 텔레비전에 고정되어 있었다. 나는 캔맥주를 홀짝거리며 엄마를 보았다. 하얗고 푸른빛 속에서 엄마는 여느 때와 달리 지치고 피로해 보였다. 눈은 움푹 꺼졌고 탄력을 잃은 목에도 주름이 생겨나기 시작했다. 문신이 지워진 파르스름한 눈썹은 다듬지 않아 듬성듬성했다.

"뭐 마실 거 줄까?" 하고 물었지만 엄마는 말없이 입을 우물거리며 텔레비전만 쳐다봤다. 나는 의자에 등을 기대고 앉아 조용히 맥주를 마셨다. 못 보던 화분 세 개가 주방 창가에 나란히 놓여 있었다. 시선이 자연스럽게 화분 옆으로 움직였다. 언제 새것으로 바꿨는지 설거지 한 그릇들을 쌓아놓는 물받이의 스텐 기둥이 번쩍번쩍했다. 디자인이 똑같은 물컵들이 선반 위에 가지런히 놓여 있고, 그릇들은 크기와 종류별로 보기 좋게 포개져 있었다. 조리기구도 꼭 필요한 것들로만 질서정연하게 정리가 되어 있었다. 장식이라면 창가에 놓인 화분이 전부였다. 전체적으로 화이트 계열로 통일된 살림살이 때문에 주방은 실제보다 넓어 보였다. 며칠 전 좁은 주방을 어떻게 하면 넓어 보이게 만들 수 있을지 고민하던 마리의 모습이 떠올랐다. 그렇게 귀찮은 일에 뭐하러 신경을 쓰느냐는 내 말에 마리는 확고히 고개를 저으며 "난 우중충한 게 싫거든" 하고 농담처럼 말했다. 그제야 나는 마리가 오기 전 우리 집 풍경을 머릿속에 떠올려보았다. 엄마나 나나 집 안을 정리하고 꾸미는 일에는 영 재주가 없어 자잘한 살림살이들을 그냥 쌓아두고만 지냈는데 그게 마리 눈에는 우중충하게 보였을 수도 있겠구나 생각하니 마음에 옹이가 생기는 듯했다.

엄마는 접시의 케이크를 다 먹고 나서 입가심하려고 물을 찾았다.

"근데 어젠 누굴 만났던 거야?"

정수기 앞에서 컵에 물을 받고 서 있던 엄마가 깜짝 놀라 뒤를 돌아다보았다.

"어제 태양 빌딩 안으로 들어가는 거 봤거든."

나는 건성으로 말하면서 맥주를 홀짝거렸다. 엄마는 다시 몸을 돌려 물컵에 든 물을 벌컥벌컥 마시고는 잠옷 소매로 입가를 쓱 닦아냈다.

"만나긴 누굴 만나겠니, 내가. 네가 잘못 봤겠지."

그러고는 먼저 자겠다면서 서둘러 텔레비전을 끄고 방으로 들어가버렸다. 모처럼 이런저런 얘기를 나누고 싶었던 나는 남은 맥주를 홀짝거리며 가만히 앉아 있었다.

밤이 깊었다. 골목 어디에선가 시끄럽게 자동차 경보음이 울렸다. 그 소리는 잠시 멈췄다가 다시 울렸다. 개가 짖기 시작했다. 경보음은 밤의 장막을 찢고 요란하게 울렸다. 옆집의 누군가 밖을 내다보려고 창을 여는 소리가 들렸다. 그와 동시에 누군가 가위로 자르기라도 한듯 경보음이 갑자기 뚝, 끊겼다. 다시 창이 닫히는 소리, 개가 신음하듯 끄웅, 하는 소리가 들렸다. 그러고 나서부터는 귀가 먹먹할 만큼 쓸쓸한 적막감이 밤의 세상을 보자기처럼 감싸안았다. 나는 방으로 돌아가서 침대 위에 누웠다. 책을 읽고 싶었지만 불빛이 마리의 숙면을 방해할 것 같아 어둠 속에서 눈을 뜨고 누워만 있었다. 종일 서 있느라 지칠 대로 지친 몸은 바위를 매달아놓은 것처럼 무거운데 정신은 오히려 말짱했다. 누우면 바로 잠들어버리는 마리처럼 쉽게 잠들 수 있었으면 좋겠다고 생각했다. 하지만 잠들고 싶은 욕구가 간절할수록 잠은 오지 않는다. 결국 이런저런 생각들로 시간을 흘려보내다 새벽녘이 되어서야 간신히 잠이 들었다.

상준에게서 다시 연락을 받은 것은 월요일 오후였다. 그동안 연락하지 않은 것을 반성하라는 뜻으로 처음엔 전화를 받지 않았다. 대개 그러고 나면 상준은 두 번 세

번 다시 전화를 걸어와 나에게 사과하곤 했다. 하지만 그날은 다시 전화벨이 울리지 않았다. 이상한 기분이 들어 내가 다시 전화를 걸었다. 목소리가 착 가라앉아 있었다. 나는 서둘러 전화를 끊고 원장에게 일찍 퇴근하겠다고 말한 다음 택시를 타고 집으로 가서 검은 옷으로 갈아입고 나왔다. 지하철과 버스를 갈아타고 상준이 머물고 있다는 병원에 도착했을 때는 밤 열한 시가 조금 넘은 시각이었다.

조문객 하나 없는 쓸쓸한 빈소였다. 빈소 입구의 전광판에 고인의 이름과 상주 이름이 나란히 붉은색으로 깜박였다. 검은 양복에 삼베로 된 완장을 차고 있던 상준이 할아버지의 영정사진을 멀뚱히 바라보며 썰렁한 빈소를 지키고 앉아 있었다. 내가 안으로 들어서자 상준이 천천히 몸을 일으켰다. 나는 가볍게 목례한 뒤에 영정 앞으로 가서 향을 피워 올렸다. 그러고는 상준과 맞절을 하고 난 뒤에 빈소 옆 식당으로 갔다. 식당에는 혼자 온 몇몇 노인들이 육개장에 밥을 말아먹고 있었다. 예전에 경로당에서 노인이 알고 지냈던 분들이라고 했다. 상준이 몸소 육개장과 반찬 몇 가지를 챙겨 가지고 왔다. 기름이 둥둥 뜬 벌건 국물을 앞에 두고 나와 상준은 잠시 말이 없었다.

"주무시다 조용히 돌아가셨어."

상준이 담담하게 말했다. 어린 시절 한꺼번에 부모를 잃은 상준에게 노인은 유일한 피붙이였다. 이제는 천애 고아가 되어버린 상준이 눈물 한 방울 흘리지 않은 얼굴로 영정이 있는 빈소를 한번 쳐다보았다.

이제 상준은 기댈 사람 하나 없고, 누가 뭐라든 끝끝내 자기편이 되어줄 사람 하나 없는 세상에서 매일 밤 자신이 혼자라는 사실을 되새기며 어둠 속에서 조용히 캄캄해질 것이다. 그러다보면 가슴 속에 차곡차곡 쌓여만 가는 말을 쏟아낼 곳이 없어 홀로 가슴을 치며 우는 밤이 있을지도 모른다. 모래바람 부는 사막을 걷듯 자꾸만 고개를 떨군 채 흔적 없는 타인의 발자국을 찾으려 애쓰는 날도 있겠지.

그렇더라도 그는 착실하게 살아갈 것이다.

살아남아 웃는 날이 있을 것이다.

그러다보면 함께 웃어줄 사람도 만날 수 있겠지.

어떤 생각은 기도와도 같아서 나는 간절한 눈빛으로

내 앞에 앉아 있는 상준을 바라봤다.

"애 많이 썼네. 그동안."

말은 너무도 빈약했다. 소주는 썼고 나는 조금 울적했다.

밤늦게 조문 온 직장 동료들을 응대하느라 갑자기 바빠진 상준을 거기 두고 조용히 빈소를 빠져나왔다. 사생존망, 생사존망. 살아 있음과 죽어 없어짐. 그 단순하고도 분명한 사실 앞에 인간의 말은 너무도 무력하다는 생각에 나는 택시 안에서 한 방울의 눈물을 흘렸다. 아빠가 돌아가셨을 때에도 나오지 않던 인색한 눈물이었다.

9

등 뒤에서 나는 기척에 깜짝 놀라 뒤를 돌아다보았
다. 사람 하나 없는 괴괴한 골목길을 등이 굽은 고양이
한 마리가 태연히 지나가고 있었다. 나는 가슴을 쓸어
내리며 고양이가 담을 훌쩍 뛰어넘어 어딘가로 사라지
는 것을 바라보았다.

해를 가린 구름이 두꺼웠다. 그래서인지 이상하게 어
두운 한낮이었다. 몸이 좋지 않아 평소보다 이른 시간
에 퇴근해서 집으로 가는 중이었다. 신경이 예민한 탓
인지 등 뒤에서 자꾸만 누가 따라오는 것 같았다. 상준

에게 전화를 걸까, 하다 겁 먹은 모습을 보이고 싶지 않아 그만두었다. 결국 아무도 없는 그 골목에서 빠져나가려고 뛰다시피 걸었다. 등에서 식은땀이 다 났다. 숨이 턱까지 차올라 블라우스의 단추가 답답하게 느껴졌다. 간신히 골목을 벗어나 집 앞에 이르렀을 때에야 긴장이 풀렸다.

  현관문을 열고 들어가 막 한쪽 신발을 벗으려 할 때 갑자기 누군가가 안쪽에서 쏜살같이 튀어나왔다. 그러고는 생각할 겨를도 없이 내 몸을 밀치고 밖으로 뛰어나갔다. 너무 놀라서 그 자리에 주저앉았다. 몸의 근육들이 마비된 것처럼 꼼짝도 할 수가 없었다.

  한참 동안 그러고 앉아 있다가 정신을 차리고 보니 마리가 넋이 빠진 채 거실에 우뚝 멈춰 서 있는 게 보였다. 그제야 나는 어찌 된 일이냐고, 저 사람은 대체 누구냐고 따지듯이 물었다. 마리는 떨면서 바닥에 주저앉았다. 예감은 소름끼치도록 맞아떨어졌다.

  "안 돼."

  나는 고개를 저었다. 마리는 놀라울 정도로 무표정한

얼굴로 나를 봤다.

"이건 아닌 것 같아. 그 남자가 집까지 찾아오는 건."

부엌으로 가서 물을 한 잔 마신 다음 마리를 돌아봤다.

"분명히 다 정리됐다고 했잖아. 대체 일을 왜 이렇게
만들어?"

마치 그 모든 게 마리의 잘못이라는 듯 따져 물었다.
마리는 내가 아니라 거실 벽면의 어느 한 곳에 시선을
고정하고 있었다.

"처음부터 이러는 게 아니었어."

들고 있던 컵을 소리 나게 식탁 위에 내려놓았다. 그제
야 마리가 나를 봤다. 일부러 그 시선을 피하지 않았다.

언제부터 내 안에 그런 마음이 도사리고 있었는지 모
르겠지만 그 순간 나는 마리에게 상처주겠다는 분명한
의지를 갖고 그 자리에 서 있었다.

"솔직히 우리가 얼마나 가깝게 지냈다고……."

마리가 눈을 두어 번 깜빡이더니 고개를 천천히 흔들
었다. 그리고 나를 봤다. 더 이상의 말은 하지 말아달라
는, 그런 식으로 우리가 함께 한 시간을 망가뜨리지 말
아달라는 애원이 담긴 눈빛이었다.

그럴수록 나는 이상한 오기가 생겼다.

무턱대고 사람을 믿고 아무한테나 자기 이야기를 하고 상대가 자신을 어떻게 생각하건 조건 없이 친절을 베푸는 그 순진함이 문제라고 말하고 싶었다. 자기가 진 빚도 아니면서 그렇게 큰돈을 덜컥 내어줘버리고는 정작 자신은 갈 데가 없어 친구 집에 얹혀 있는 것도 도저히 이해되지 않는다고. 네가 우리에게 내는 돈은 네가 쓰는 수도와 전기세 정도밖에 되지 않는다는 말도 하고 싶었다. 하지만 그 모든 말들을 밀쳐내고 터져나온 건 정작 이 한 마디였다.

"사람이 얼마나 물러 터졌으면. 눈치도 없이……."

이제는 알고 있다.

내가 그럴 수 있었던 것은 그 순간 마리가 약자라고 느꼈기 때문이라는 것을. 나를 밀치고 뛰쳐나간 힘센 그 남자보다 지금 내 앞에 주저앉아 있는 마리가 만만하고 쉽게 느껴졌기 때문이라는 것을. 내가 상처 입혀도 내게 그 상처를 되돌려줄 수 없다는 걸 그 순간 내가 알고 있었기 때문이라는 것을.

"미안해, 하나야…… 무슨 수를 써서라도 다시는 이런 일 없도록 할게. 한 번만 믿어줘."

마리가 힘없이 중얼거렸다. 나는 컵에 남은 물을 마시고 난 뒤 마리를 혼자 내버려둔 채 방으로 들어갔다.

그런 식으로 뭐 하나 뚜렷하게 해결되지 못한 채로 시간이 흘렀다. 마리는 밤잠을 못 자는 듯했다. 나는 애써 아무 일 없었다는 듯 나대로의 생활을 이어나갔다. 한번 자리잡기 시작한 마리에 대한 의심은 독처럼 무섭게 자라났다. 나는 수시로 옷장을 열어 옷들이 제자리에 걸려 있는지 확인했고, 혹여 나와 엄마가 집에 없는 사이에 그 남자가 또 찾아왔는지 몰라 마리의 행동거지 하나하나가 수상쩍고 미심쩍었다. 그냥 인사하러 온 사람처럼 갑자기 불쑥 나타나서는 아예 눌러앉아버린 것에 대해서도 새삼 의구심이 들었다. 그러고 보면 나는 마리에 대해 확실하게 아는 게 하나도 없었다. 내가 아는 거라곤 마리의 입을 통해 전해들은 것뿐, 눈으로 직접 확인한 건 아무것도 없었다. 혹시 마리는 무슨 목적이 있었던 게 아닐까? 단지 남자를 피해 숨을 곳이 필

126

요했던 걸까? 엄마와 나에게 그리고 상준에게 몹시 살갑게 구는 것도 어쩌면 뭔가를 감추기 위한 노력이 아니었을까? 그렇게 하나하나 곱씹어보니, 마리는 마리가 아니라 말희 같기도 했다. 아니, 말희가 아니라 전혀 다른 누구인지도 몰랐다. 몸에 나쁜 줄 알면서도 자꾸만 피우게 되는 담배처럼 나는 의심에 중독되었다.

그러던 어느 날 퇴근길에 보니 경수 아저씨네 빵가게 앞에 '임대 문의'라는 표지판이 걸려 있었다. 흔해빠진 동네 빵가게였다고는 해도 왠지 아쉬운 마음이 들었다.

집에 가서 그 얘길 했더니 엄마는 이미 알고 있는 눈치였다.

"그러고 보니 제일 아쉬운 사람은 엄마겠구만?"

식탁 앞에서 밥은 먹지 않고 반찬만 깨작거리던 엄마에게 별 생각 없이 그렇게 말했다. 엄마는 얼마 먹지도 않고 힘없이 젓가락을 내려놓았다. 그러고는 물로 입가심을 한 뒤 조용히 자리에서 일어났다.

"왜 저런대?"

마리 역시 별다른 말없이 젓가락으로 밥알을 한 톨

한 톨 집어 먹고 있었다. 나만 빼고 두 사람만 아는 뭔가가 있는 것 같아 기분이 좋지 않았다.

"참 이번 주 토요일이 상준이 생일이야. 그래서 말인데……."

불편한 공기를 참지 못하고 내가 말했다. 최근 들어 묘하게 내가 마리의 눈치를 보고 있다는 느낌이 들어 불쾌했지만 그날따라 어색한 분위기를 견디기가 힘들었다.

"내가 요새 너무 무심했던 것 같아. 집에 불러서 삼겹살이나 구워 먹으려고."

부러 목소리에 힘을 실어 말했다.

"상준 씨가 좋아하겠네."

마리는 그렇게만 말하고 빈 그릇을 치우기 위해 자리에서 일어났다. 나도 얼른 남은 그릇들을 들고 싱크대 앞으로 갔다. 마리가 조용히 물을 틀더니 수세미에 세제를 묻혀 그릇들을 닦기 시작했다.

그날은 어쩐 일인지 엄마도 우리 사이에 끼어 고기를 굽고 있었다. 익은 고기를 각자의 접시에 놓아준 다음에는 상준이나 마리가 따라준 술을 마시며 술이 쓰다고 몸서리 쳤다. 그런 엄마를 내가 물끄러미 바라보자 마리가 내 잔에도 소주를 따랐다.

"오늘은 실컷 마셔보자."

마치 기다렸다는 듯 마리가 그렇게 말하자 나도 지기 싫어서 잔에 든 술을 단숨에 삼켰다.

"천천히 마셔. 그러다 취해."

상준이 걱정스러운 목소리로 말했다.

"취하려고 마시는 거지."

그렇게 말한 뒤 상준의 잔에도 소주를 따랐다. 그런 식으로 조용히 서로의 잔을 채워주다보니 어느새 내가 평소의 주량을 넘어서고 있다는 게 느껴졌다. 상준이 식탁 아래 줄 맞춰 나란히 세워둔 빈병을 마리가 세어 보다가 다들 술이 고팠던거냐며 신나게 웃던 모습도 기억난다.

"그런데 두 분은 어떻게 알게 되신 거예요? 엄마 말로는 일하다 만나셨다고 하던데."

마리의 질문에 엄마가 가만히 술잔을 내려놓았다.

"그때 너희 엄마가 나한테 핸드크림을 사줬어."

나는 무슨 얘긴가 싶어 엄마를 봤다. 엄마의 얼굴에
옅은 미소가 번졌다.

"향기가 너무 좋아서 그걸 바른 내 손등에 자꾸만 코
를 대보곤 했지. 식당이 바빠서 고무장갑을 낄 새도 없
이 설거지가 밀려드니까 손이 자꾸만 텄거든. 그때 너
희 엄마는 공장을 나와 그 식당의 카운터를 봤어. 나보
단 사회생활을 일찍 한 셈이지. 그때가 하나 저 어린 것
을 할머니 댁에 보내고 나서 닥치는 대로 일을 할 때라
낮에는 회사에서 경리를 보고 저녁에는 밥 먹을 시간도
없이 식당으로 달려가 일을 했거든."

그런 줄은 몰랐다. 나한테는 한 번도 그런 이야기를
한 적이 없었기 때문이었다. 생각해보면 나는 한 번도
엄마에게 엄마의 젊은 시절은 어땠느냐고 물어본 적이
없었다.

"지금 생각하면 나보다 고작 세 살 많았는데 마치 큰
언니처럼 나를 챙겨줬어. 내가 밥도 안 먹고 뛰어 오는
줄 알고 사장 안 볼 때 이것저것 챙겨먹으라고 갖다 주
기도 하고……. 아이고 다 탈라."

엄마가 얼른 고기를 뒤집고 나서 말을 이었다.

"그게 참 고마웠어. 누군가 나를 그렇게 살뜰히 챙겨준 건 처음이었으니까. 퇴근할 때 자기 핸드백에서 크림을 꺼내 내 가방에 넣어주더라고. 너는 손이 참 예뻐, 하면서."

그러면서 가만히 자신의 손등을 내려다보았다. 일을 많이 해서 거칠고 억센 손이었다.

"그게 인연이 돼서 언니랑은 계속 연락을 하고 살았어. 처지가 비슷하다보니 서로 의지를 많이 했던 것 같아. 서로 잘 사는 모습을 보여주고 싶었는데 그게 잘 안되니까 차츰 연락이 뜸해졌고."

다시 연락이 되었을 땐 엄마도 현자 아줌마도 서로를 살뜰히 챙기던 젊은 시절 그들의 모습이 아니었을 것이다. 삶의 풍파에 깎이고 지쳐서 다만 그런 때가 있었구나 생각했을 것이다. 피 한 방울 섞이지 않은 누군가를 걱정하고 그가 내어준 마음을 떠올리며 잘 살아야지 다짐하던 숱한 밤들을 지나 지금 내 앞에 앉은 사람이 되었다고 생각하니 엄마가 어쩐지 다른 사람처럼 보였다. 나는 익은 고기를 가위로 자르고 있는 엄마의 옆모습을 물끄러미 바라보았다.

이야기는 어느새 마리와 내 어린 시절에 대한 회상으로 흘러갔다. 엄마와 마리가 같은 장면을 두고 서로의 기억이 다른 것에 신기해하는 동안 상준과 나는 말없이 잔을 부딪쳤다. 끝도 없이 계속될 것 같던 두 사람의 이야기도 어느새 끝나가고 엄마가 피곤하다며 자리에서 일어나 먼저 방으로 들어갔다.

식탁에 남은 우리는 잊지 않고 서로의 잔을 채워주면서 조용히 취해갔다.

"근데 하나가 정말로 그렇게 글을 잘 썼어요?"

문득 상준이 그렇게 물었다. 아마도 학교 백일장에서 상을 휩쓸었다던 엄마의 말 때문이었을 것이다.

"네, 그래서 전 하나가 작가가 되어 있을 줄 알았어요."

나는 시선을 컵에 둔 채 잠자코 앉아 있었다. 솔직히 그런 이야기는 더 이상 듣고 싶지 않다고 생각했다.

작가라니.

지금의 현실을 떠올리면 얼마나 터무니없는 소리인가.

"하나가 미용학교에 갔다는 소식 듣고 속으로 얼마나 놀랐는지 몰라요."

마치 내게 변명을 요구하듯 마리가 나를 바라보는 게 느껴졌지만 나는 고개를 들지 않았다.

"무슨 사정이 있었겠지 싶으면서도 자신은 글을 쓰고 싶다고 말하던 하나의 얼굴이 떠올라서 못내 아쉽더라고요. 그 말을 할 때의 하나가 제 눈에는 엄청 대단해 보였거든요……. 자기가 원하는 것을 정확히 알고 있다는 게. 그 어린 나이에 벌써 꿈이 있다는 게 멋있어 보이기도 하고……."

"지겨워."

아마도 그때였을 것이다. 안간힘을 다해 붙들고 있던 이성의 끈을 내가 놓아버린 것은.

"그런 이야기 지겹다고."

"하나야……."

내 옷을 잡아당기는 상준의 팔을 힘껏 뿌리친 뒤 나는 마리를 똑바로 쳐다봤다.

"우리 이제 곧 서른이야, 마리야. 한창 어린애들도 아니고 꿈은 무슨 얼어 죽을 꿈. 그래서 넌 지금 네가 원하는 삶을 살고 있다고 생각하니? 그게 그렇게 쉬운 거였어?"

마치 마리가 현재의 내 삶을 부정하기라도 했다는 듯 나는 구겨진 자존심을 그런 식으로 표출하고 있었다.

실은 지금도 다 기억난다. 상준이 우리 두 사람 사이에서 어쩔 줄 몰라 하던 모습과 점점 하얘지다 못해 창백해지던 마리의 얼굴이. 그런데도 멈추지 못하고 손톱으로 할퀴듯 마리의 가슴을 말로 상처 내던 내 모습도.

"그만하라니까."

어느 순간 상준이 내 손목을 힘주어 붙잡았다. 나는 말을 멈추고 상준을 빤히 쳐다봤다. 상준이 내게 화를 낸 건 그때가 처음이었다. 곧바로 나는 상준의 손을 뿌리친 뒤 화장실로 달려가 변기를 붙잡은 채 토하기 시작했다.

그날 술자리가 어떻게 끝났는지 상준이 언제 집에 돌아갔는지는 기억나지 않는다.

"늦었지만 생일 축하해요, 상준 씨."

다만 마리가 그렇게 말했던 것은 기억난다. 그러고 보면 나는 상준에게 축하한다는 말도 하지 못했던 것이다.

10

나는 마리가 의기소침해하고, 괴로워하며, 나를 미워하기를 바랐다. 그러면 내가 먼저 다가가 손을 내밀 수 있을 것 같았다. 하지만 마리는 그러지 않았다. 이전과 똑같은 방식으로 친절했고, 집 안을 신선한 활기로 메웠다. 너는 자존심도 없냐고 묻고 싶을 만큼 마리는 변한 게 없었다. 그럴수록 마리에게 속이 훤히 보일 정도로 짜증을 냈다. 내 화장품을 쓰지 말라고 경고했고, 아침에 출근하는 사람은 나니까 내가 화장실을 쓰기 전까지는 기다려달라고 말했다. 부탁의 형식이었지만 마리에게는 통보처럼 들렸을 것이다. 어쨌든 이 집의 주인은 마리가 아니었으니까.

상준에게서는 한 통의 전화도 걸려오지 않았다. 나는 약간은 체념 상태가 되어 상준의 전화를 기다리지 말자고 다짐했다.

"어떻게, 그 일은 이제 정리가 됐어?"

오전에 출근을 하다말고 갑자기 생각이 나서 마리에게 물었다. 마리는 당황한 듯 했지만 이내 순순히 고개를 끄덕였다. 그러고는 자신을 믿어달라는 듯 내 눈을 빤히 쳐다봤다. 나는 애써 시선을 피하며 현관 쪽으로 걸어갔다.

"이따 오후에 비 온댔어. 우산 챙겨 가."

막 집을 나서려는데 마리가 내 등에 대고 그렇게 말했다. 나는 잠시 멍하니 서 있었다. 그러자 마리가 신발장에서 우산을 꺼내 내 손에 쥐어주었다. 나는 마리를 쳐다보지 않은 채 마리가 건네준 우산을 받아들고 집을 나섰다. 하지만 그날 예보와 달리 비는 내리지 않았다.

그때는 마리에 대한 내 감정이 정확히 무엇인지 몰랐다. 마리와 상준 두 사람이 카페에서 나란히 걸어 나오는 것을 보기 전까지는. 비번인 10월의 첫째 주 화요일, 어쩐지 집에 있기가 싫어서 한껏 차려입고 집을 나섰다. 마리는 아침부터 보이지 않았다. 혼자서 조용히 카페에도 가고 서점 구경도 하고 모처럼 로드숍에 들러 화장품도 살 계획이었다.

지하철에서 내린 뒤에 개찰구를 빠져나오니 차가운 바람이 살갗을 스쳐갔다. 며칠 전까지만 해도 덥다고 야단이던 사람들이 하루 이틀 찬바람이 불자 금세 두꺼운 옷으로 갈아입은 걸 보고 가을이구나, 했다.

서점의 신간 매대 앞에 서서 책의 띠지에 적힌 글귀를 읽거나 책날개에 실린 작가의 사진을 골똘히 바라보았다. 한때는 마음에 품었으나 이제는 너무 동떨어진 삶이었다. 다시 그때로 돌아간다고 해도 똑같은 선택을 하지 않을 거라는 확신조차 없었다. 내가 글을 쓰는 사람이 될 거라고 믿었다니. 정말이지 꿈같은 소리가 아닌가 생각했다.

책을 슬며시 내려놓고 다양한 문구가 전시된 팬시 코

너로 걸어갔다. 구경만 해야지 했는데 어느 새 내 손에
는 쓰지도 않을 펜과 포스트잇 같은 문구류가 잔뜩 들
려 있었다. 계산을 마친 뒤 지상으로 향하는 계단을 오
르며 상준에게 전화를 걸어볼까 생각했지만 지난번의
일이 떠올라 가만히 고개를 저었다.

바깥으로 나오자 찬바람이 옷깃을 파고들었다. 실내에
있을 때는 더워서 풀어두었던 스카프를 다시 꺼내 목에
둘렀다. 절로 뜨거운 커피가 생각나는 날씨였다. 그렇게
내 발걸음은 자연스레 상준과 자주 다녔던 카페로 향했
다. 두 사람을 본 건 그러니까 순전히 우연이었다.

나는 멍하니 맞은편 도로에 선 채 카페를 나온 마리
와 상준이 나란히 길을 걷는 것을 지켜보았다.

그 주 금요일인가 토요일 저녁, 저녁 식사 자리에서
마리가 나가겠다고 말했다. 예상치 못했던 일이라 순간
적으로 엄마를 쳐다봤다. 엄마도 놀랐는지 수저를 내려
놓았다.

"너무 오래 신세를 졌어요."

마리가 엄마와 나를 번갈아 쳐다보며 말했다.

"아무래도 회사 근처에 방을 구하는 게 좋을 것 같아 급하게 알아봤어요. 더 쉬면 안 될 것 같아서요."

"그래도 이렇게 갑자기……."

내 말에 마리가 희미하게 미소 지었다.

"나도 이렇게 빨리 결정이 될 줄 몰랐어. 원래 나오기로 한 애가 갑자기 연락이 두절됐대. 그래서 나한테 기회가 온 거겠지만."

"취직이 된 건 좋은 일이지만 우리가 아쉬워서 어떡하니……."

엄마가 서운한 표정으로 말했다.

나는 묵묵히 밥알을 씹어 삼키며 아무 말도 하지 못했다. 그때 내 마음에 불던 추운 바람은 무엇 때문이었을까. 내내 마리를 마음으로부터 밀어내고 있었으면서도 이상하게 서운한 감정이 들었다.

그러니 사람의 마음이란 얼마나 이상한 것인가. 그동안은 내가 마리를 견디고 있다고 생각했는데 어쩌면 마리야말로 나를 견디느라 힘이 들었을지도 모른다고 생각하니 저절로 마음 한구석이 캄캄해지는 기분이었다.

그날 이후 며칠 동안은 마리와 나 사이에 투명한 막 같은 게 생겨난 느낌이었다. 가끔은 마리에게 무슨 말인가를 건네고 싶었지만 도대체 무슨 말을 해야 할지 알 수 없어 도로 입을 다물어버리곤 했다. 밤이 되면 마리는 내 침대 위로 올라오려고 하지 않고 예전처럼 바닥에 이불을 깔고 누워 한참을 뒤척였다. 어둠 속에서 간간히 내쉬는 마리의 한숨 소리를 들으며 어쩌면 저 애도 후회하고 있을지 모른다고 생각했다. 막상 나가겠다고 했지만 속마음은 나와 함께 이곳에 더 있고 싶어 하는지도 모른다고.

그때의 나는 그 정도로 이기적인 사람이었다. 이런저런 감정의 파동에 흔들리는 게 싫어서 하루 빨리 마리가 오기 전의 생활로 돌아갔으면 싶다가도 마리가 떠나고 난 뒤의 허전함을 생각하면 은근히 겁이 나기도 했다.

이제 누가 노래를 흥얼거리며 집 안 구석구석을 헤집고 다니나. 내가 숍에서 다른 사람 때문에 기분이 상했다고 말하면 나쁜 일은 하루 빨리 털어버려야 한다며 함께 그 사람을 욕해줄 사람이 어디에 있을까.

그런 식으로 나는 끝끝내 내 생각밖에 하지 않았다. 언제나 마리의 마음보다는 내 감정과 내 생각이 더 먼저였다.

11

예정대로 마리는 10월 첫째 주에 짐을 꾸렸다. 요 며칠 이상할 정도로 방 안에만 틀어박혀 있던 엄마는 마리가 짐을 싸는 동안 백숙을 끓이기 시작했다.

"여름도 다 지났는데 무슨 백숙이야."

지나가듯 내가 묻자 닭 뼈를 정성스레 발라내고 있던 엄마가 말했다.

"너 말고 마리 먹이려고 그런다. 속이라도 든든하게 채워서 보내야지. 잘해준 것도 없는데."

그 말을 듣고 나는 실감했다. 이제는 마리에게 미안

하다는 말도 할 수 없게 되어버렸다는 것을.

괜히 거실을 서성이다가 방으로 들어갔더니 마리가 옷장 문을 열어둔 채 그 앞에서 한참을 서 있는 게 보였다.

"왜 그래?"

내가 묻자 마리가 피식 웃으며 대답했다.

"그새 짐이 많이 늘었어."

나는 옷장에서 백팩을 꺼내 마리에게 건넸다. 나중에 엄마랑 해외여행을 가게 되면 쓰려고 미리 사둔 것이었다.

"고마워. 나중에 돌려줄게."

"그냥 네가 써. 필요하면 하나 사지 뭐."

나는 침대 끄트머리에 앉아 마리가 짐을 싸는 것을 한동안 바라봤다.

"그동안 고마웠어."

불룩해진 가방을 문 앞에 나란히 세워둔 채 마리가 그렇게 말했다. 갑자기 눈물이 날 것 같아 얼른 고개를 벽 쪽으로 돌렸다.

"나 때문에 많이 불편했지."

나는 말없이 고개를 흔들었다. 하고 싶은 말은 많은데 어디서부터 어떻게 시작해야 할지 몰라 답답했다.

"하나도 안 불편했다고 하면 거짓말이겠지만."

나는 망설이다가 겨우 입을 열었다.

"그래도 네가 있어서 많이 웃을 수 있었어. 너는 별것 아닌 것도 재밌어 하잖아. 그래서인지 처음으로 사는 게 즐겁구나 생각했어, 난."

솔직해진다는 건 생각보다 나쁘지 않구나.

얼굴에 옅은 열감이 느껴졌지만 나는 개의치 않고 마리를 바라보았다.

"그렇게 말해줘서 고마워. 너한테 나쁜 기억만 심어주고 가는 거면 어떡하나 무척 걱정했거든."

어느 틈에 마리는 내 옆에 앉았다. 그리고 내 얼굴을 가만히 쳐다보았다.

"그리고 상준 씨 말인데……."

순간 나는 긴장했다. 지난번에 거리에서 봤던 두 사람의 모습이 떠올랐기 때문이었다.

"너를 좋아하고 있어. 그것도 아주 많이."

내가 왜 모르겠는가. 십 년도 넘게 그 애를 보아왔는데. 내 앞에서만 잘 웃지 않고, 내 앞에서만 말수가 줄고, 내 앞에서만 속절없이 솔직해지는데…… 내가 왜 몰랐겠는가.

"모르고 있던 건 아니지?"

나는 말없이 고개를 끄덕였다.

"그래서 싫은 거지? 너희 둘은 너무 닮았으니까."

아무 대답도 하지 않았다. 상준의 집 마당에 서 있을 때 쏟아지던 햇볕을 감당할 자신이 없노라고. 그토록 뜨겁고 그토록 환한데도 어딘지 모르게 컴컴하게 느껴지던 그 빛을 잊을 수 없노라고. 웃고 있어도 슬퍼 보이는 그의 얼굴을 오래 마주할 자신이 내겐 없노라고 말하지 못했다.

마리는 이내 고개를 돌리고 남은 짐을 쌌다. 짐은 놀랄 만큼 빠른 속도로 가방 속에 담겼다. 지금 마리를 보내버리면 어쩐지 다시는 만나지 못할 것 같다는 생각이 들었지만 나는 꼼짝없이 침대에 앉아 마리의 뒷모습을 눈으로만 좇았다.

"꼭 연락해. 가끔 만나서 영화나 보게."

마침 내 생각을 읽기라도 했는지 마리가 그렇게 말하며 미소 지었다. 그러고는 작은 상자 하나를 내밀었다.

"또 주제 넘는 소리나 한다고 하겠지만 나는 네가 계속 읽고 쓰는 사람이었으면 좋겠어. 그때의 너는 정말로 너 같았거든."

상자 속에는 표지가 예쁜 다이어리가 들어 있었다.

"너 약간 이상한 거 알지?"

내 말에 마리가 피식 웃었다.

"알아."

"어디 가서 그러지 마. 아무한테나 네 속을 다 내보이지도 말고. 너만 손해야."

마리는 알 듯 모를 듯한 미소를 지으며 고개를 갸웃거렸다.

"사실 잘 모르겠어. 어떻게 해야 사람들의 마음을 얻을 수 있는지."

"다른 사람의 마음 따위, 얻으려고 애쓰지 마."

마리가 나를 물끄러미 쳐다봤다.

"그냥 너로 살아. 그러다보면 정말로 너를 아껴주는 누군가가 나타날 거야."

그 말에 마리는 한 손을 내 무릎 위에 가만히 올려놓았다. 그동안 마리와 살을 부대끼며 생활해온 탓이었을까. 나는 어느덧 타인의 체온을 가까이에서 느껴도 불편해하지 않는 사람이 되어 있었다.

때마침 엄마가 백숙이 다 됐다고 말해서 우리는 밖으로 나갔다.

"많이 먹어. 안 그러면 죽이라서 금방 속이 허해진다."

엄마가 마리 앞에 숟가락을 놔주며 말했다. 마리는 식탁에 앉아 엄마가 오랜 시간 공들여 끓인 백숙을 천천히 먹기 시작했다.

엄마가 퍼준 죽을 다 먹고 난 뒤 마리가 일어섰다. 그러고는 내가 준 가방을 등에 메고 다른 한 개의 가방은 어깨에 걸친 채 현관 앞에 섰다. 엄마와 나는 나란히 서서 마리가 신발을 신는 것을 지켜보았다.

잘 가. 응, 잘 있어. 건강하세요, 하는 말들이 오간 뒤에도 마리는 한참 현관 앞에 서 있었다. 그러다 문득 고개를 돌려 환하게 웃더니 햇볕이 쏟아지는 바깥으로 걸어 나갔다. 엄마와 나는 빛을 향해 걸어가는 마리의 뒷모습을 오래 바라보며 서 있었다. 이윽고 마리가 시야에서 사라지자 우리는 동시에 몸을 돌렸다. 햇볕에 익숙해진 시야 때문에 집 안이 갑자기 어두워진 것 같았다.

마리가 떠나고 한참 뒤에야 엄마의 비밀에 대해 알게 되었다. 그건 그야말로 '사건'이라고 부를 만큼 놀라운 일이었다. 경수 아저씨네 빵가게가 있던 곳을 지나다가 부동산 아주머니에게 전해 들었다. 아마도 엄마는 내가 끝까지 모르길 바랐던 것 같다.

"딸 생각해서 헤어진 거지 뭐. 서로 의지하고 살면 좋았을 텐데."

그 말을 듣고 사람이 얼마나 자기중심적인 존재인지 새삼 깨달았다. 때로는 엄마가 부담스럽게 느껴질 때가 있었는데 오히려 내가 엄마의 발목을 붙잡고 있었는지도 모른다는 생각이 들었다. 그렇게 우리는 서로의 짐이 되는 줄도 모르고 각자 무거워졌던 것이다.

마리가 떠나고 한참이 지난 어느 날, 나는 병원에 입원했다. 새벽 내내 아픈 배를 붙잡고 화장실만 들락거리다가 괜찮아지겠지 하고 버틴 게 화근이었다.

그날 처음으로 나는 출근하지 못했다. 구급차에 실려 가는 와중에도 숍에 전화를 해달라는 내 부탁을 듣고 엄마가 제발 가만히 좀 있으라고 소리를 질렀던 게 기억난다.

그렇게 아프면 엄마를 깨울 것이지. 미련 맞게.

엄마는 미안한 마음을 그렇게 내비쳤다.

맹장 하나 터진 걸 가지고 뭘.

야, 그게 얼마나 아픈 건데. 이참에 일도 때려치워.

내가 일 안 하면 돈이 어디서 나와.

마치 어른이 아이에게 말하듯 내가 그렇게 말하자 엄마가 눈을 흘겼다.

엄마도 취직했어.

어, 나 웃으면 안 되는데.

진짜라니까. 어제 연락 왔었어. 다음 주부터 일하래. 그니까 쉬어. 돈은 이제 엄마가 벌 테니까. 너, 내가 이 말을 얼마나 해보고 싶었는 줄 알아?

마치 화난 사람처럼 엄마 목소리가 높아졌다. 엄마의 두 눈이 붉었다.

엄마.

그날 밤 간이침대 위에서 휴대폰으로 과일 맞추기 게임을 하고 있는 엄마를 조용히 내가 불렀다.

왜.

엄마는 똑같은 과일을 고르느라 휴대폰 화면에서 시선을 떼지 못했다.

엄마는 왜 아빠를 만났어?

엄마의 어깨가 움찔거렸다. 그러나 곧 오래 준비해온 사람처럼 이렇게 말했다.

그때는 도망치는 법을 몰랐으니까.

무슨 말이 그래.

내가 말했다.

그니깐 너도 아니다 싶으면 언제든 도망가. 엄마처럼 미적거리지 말고.

딸한테 도망치는 법부터 가르쳐주는 엄마가 어딨어?

도망칠 줄 알아야 버티는 법도 생겨.

무슨 논리가 그래.

싫으면 맘대로 하든가.

순간 엄마 휴대폰에서 팡파레 터지는 소리가 들렸다.

한 단계 레벨 업이 되었다는 신호였다.

그제야 엄마는 고개를 들고 나를 쳐다봤다.

할 일 없으면 잠이나 자. 그래야 상처가 빨리 아문대.

그래서 나는 눈을 감았다.

엄마 말대로 상처가 아물기를 기다렸다.

눈을 감은 채로 엄마의 서른은 어땠을지 상상해보았다.

엄마도 나처럼 겁이 났을까? 이제는 꼼짝없이 어른이 되어버렸다는 사실에 울고 싶은 적이 있었을까?

엄마라면.

아마도 그랬을지 모른다고 나는 생각했다.

나를 닮았으니까.

내가 엄마를 닮았으니까.

그러자 조금은 일을 쉬어도 괜찮겠다는 생각이 들었다.

그런 날들이 지나고 상처가 아물 무렵의 어느 날, 엄마가 내게 학원에 다녀보는 게 어떻겠냐고 말했다.

무슨 학원?

뭐 글쓰기 학원 같은 게 있다며. 아카데민가 뭔가. 마리가 그러더라.

엄마가 잠시 머뭇거리더니 이어서 말했다.

그날 마리 하는 얘기, 엄마도 다 들었어.

나는 말없이 병실 창밖으로 보이는 고층 건물의 번쩍
이는 유리들을 쳐다보았다.

여자 나이 서른이면…….

엄마가 침대 시트로 내 발을 덮어주며 말했다.

뭐든 시작하기 딱 좋은 나이지.

공교롭게도 내가 퇴원할 무렵 숍이 인테리어 공사를
시작해서 나는 갑자기 갈 데가 없는 사람이 되었다. 어
쩌면 그래서였는지도 모른다. 지금 내가 이곳에 와 앉
아 있는 것은.

모든 것이 낯설고 새롭기만 한 이 공간에 대여섯 명
의 젊거나 나이 든 여자들이 앉아 있고 그녀들은 제각
기 가지고 온 노트북이나 아이패드에 자신의 이야기를
써서 돌려 읽는다. 선생님은 부담을 갖지 말라고 하지
만 나는 몹시 어색하고 부담스럽다. 괜한 짓을 했나. 이
따 화장실 가는 척하면서 슬쩍 집으로 돌아갈까. 몇 번
이고 고민하다가 다른 여자들이 글 쓰는 모습을 구경한

다. 서로 약속이나 한 듯 키보드를 두드리는 손가락들의 움직임을. 어디에서도 누구에게도 하지 못했던 이야기들이 그 손가락 끝에서 흘러나오기 시작한다.

나도 곧 편지를 쓰기 시작한다. 누구에게도 하지 못한 말, 그것이 나에게도 있으므로.

나는 그 편지에 네가 우리 집 창가에 두고 간 식물들의 키가 자라서 며칠 전에 분갈이를 해주었다고 쓴다. 네가 두고 간 디퓨저, 현관 앞에 매달아둔 자개로 만든 풍경, 벽에 붙여놓으면 창문이 열려 있는 것처럼 보이는 포스터도 그대로 있다고 쓴다.

그러고 나서야 미안했다고 적는다.

네가 가장 힘들 때 너를 외면해서.

그토록 용기가 없던 나를 그래도 네가 조금은 좋아해줘서 그 기억으로 나는 지금 여기 와 있는지도 모른다고 쓴다.

가까워지면 반드시 멀어질 거라는 믿음 때문에 너를 밀어내기만 했던 내게 끝까지 웃으며 인사해줘서 고마웠다고도 쓴다.

다음번에는 이런 이야기 말고 나를 울리거나 웃기던

여자들에 대해 쓰고 싶다고 말하며 편지를 끝마치는 오후.

여자들이 한 명씩 앞으로 나가 자신이 쓴 글을 읽기 시작한다.

나는 두려운 마음으로 그녀들의 이야기를 듣는다. 그리고 내 차례가 되었을 때 나는 자리에서 일어난다. 이제는 나도 용기를 내야 할 때가 된 것이다. ■

　　2014년 가을 나는 내가 쓴 소설을 통해 한 사람을 떠
나보냈다.

　　내가 만들고 내가 보낸 사람이었지만 이후로 종종 그
사람을 떠올릴 때마다

　　마음이 비 오는 날처럼 흐려졌다.

　　그렇게 보내선 안 되었다는 자책이 오래 남아서였다.

　　그런 마음이 거실 책꽂이에 꽂혀 있는 내 책을 돌려
세우게 만들었을 것이다.

　　그 속에 여전히 떠난 사람과 떠나보낸 사람들이 남아

있어서.

다 지나간 일이라고.
어쩔 수 없었다고.
그때는 그게 최선이었다고 혼자서 중얼거리던 밤도
있었다.

지금은 2024년 봄. 책꽂이에 꽂혀 있던 책을 다시 돌
려세운다.
이만큼의 시간을 지나온 덕분에 나는 이 소설을 처음
썼던 시절의 나도 나였음을 안다.

그러니 처음부터 잘못된 건 아무것도 없었다.

이제 나는 아무 기대도 희망도 없이 그저 하루를 잘
살아내려고 애쓰는 사람이 되었지만
그마저도 잘 못 할 때가 많다.

그래도.

어떤 사람이 좋으면 너무 좋다고 말해야지.

네가 어떤 책을 읽고 어떤 음악을 듣는지 궁금하다고
말해야지.

혼자라서 무서운 적은 없었는지

함께라서 더욱 외로운 적은 없었는지 조심스레 물어
봐야지

이런 생각과 다짐들을 많이 해야지.

십 년 동안 나는 겨우 이런 생각을 하는 사람이 되었
는데

그게 조금은 다행이라는 생각이 든다.

2024년 봄

최민경

  한동안 수많은 관계의 그물망 속에서 물고기처럼 파
닥거렸다. 내 몸이 아프기도 했고, 다른 사람을 아프게
도 했을 것이다. 그물을 벗어나자니 혼자서 망망대해를
헤쳐가야 할 일이 두려웠고, 그물 안에 있자니 조금만
거칠게 움직여도 상대의 마음에 흠집을 냈다.

  나와 너의 몸에는 각자 보내온 시간만큼이나 서로 다른
추억들이 비늘처럼 촘촘하게 박혀 있었다. 가까우면 날카롭
게 찌르고 너무 멀리 있으면 눈부신 걸 알지 못했다. 내가 너
를 안다고 할 수 있을 만큼만 거리를 두다보면, 어쩐지 그 벌

어진 간격만큼 추운 바람이 새어들어올 것만 같았다.

머뭇거리고 망설이는 동안, 너는 어느새 그물을 벗어나 먼바다를 향해 갔다. 내가 아닌 다른 누구를 만나 너의 속살을 보여주기도 했을 것이다. 그렇게 떠나보낸 당신들이 내게는 모두 '마리'였다.

그렇게 너에게로 갈 수도 없고, 너에게로 가지 않을 수도 없는 속된 마음으로 이 소설을 썼다. 하나와 마리처럼, 너는 내가 아니라서 나를 아프게 하고, 나는 네가 아니라서 너를 아프게 했을 것이다. 그럼에도 불구하고 우리가 다시 새로운 관계를 향해 마음을 여는 건 너로 인해 잊지 못할 어떤 '순간'들 때문일 것이다. 따스하게 주고받은 격려의 말과 오로지 나에게로만 향하던 눈빛과 스치듯 만져지던 네 손의 체온이 또 다른 너에게로 걸어갈 힘을 주기 때문에. 그토록 수없이 많은 이해와 오해와 반목 사이로, 몇 개의 순간들이 떨어진 비늘조각처럼 남아 생의 선물처럼 반짝이고 있기에. 그러므로 진짜 사랑은, 우리가 누군가를 떠나보내고 난 뒤 어쩌면 바로 지금부터가 아닐까.

2014년 가을

최민경

마리

1판 1쇄 발행 2014년 11월 12일
개정 1판 1쇄 발행 2024년 5월 7일

지은이 · 최민경
펴낸이 · 주연선

(주)은행나무
04035 서울특별시 마포구 양화로11길 54
전화 · 02)3143-0651~3 | 팩스 · 02)3143-0654
신고번호 · 제 1997-000168호(1997. 12. 12)
www.ehbook.co.kr
ehbook@ehbook.co.kr

ISBN 979-11-6737-401-1 (03810)